슬픔의 힘을
믿는다

슬픔의 힘을
믿는다

정 찬
산문집

교양인
GYOYANGIN

《슬픔의 힘을 믿는다》는 저의 첫 산문집입니다. 이 산문집
은 〈한겨레〉에 발표한 칼럼과 함께 문학, 사진, 음악에 관한
산문들로 이루어졌습니다.

소설이 허구(fiction)라는 미학적 통로를 거쳐 형상화한 글
인 데 비해, 산문은 그런 미학적 통로가 없기 때문에 글의 내
용과 형식이 평면적이며 직접적입니다. 소설에 비해 더 단순
한 과정 속에서 태어나는 것입니다. 이 책의 글들은 다양한 소
재를 취하고 있음에도 대체로 거무스레한 빛깔에 싸여 있습니
다. 그것은 아마도 대부분의 글이 (의도한 것은 아니지만 결과적
으로) '슬픔'과 관계를 맺고 있기 때문이 아닐까, 합니다.

슬픔은 피동적 감정이 아닙니다. 고통과 절망을 껴안으면서
동시에 그것을 넘어서는 능동적 감정입니다. 제가 비교적 꾸

준히 글을 쓸 수 있었던 가장 큰 이유를 찾자면 '슬픔'이라는 감정의 씨앗을 잃지 않으려고 노력했기 때문이 아닐까, 조심스럽게 생각해봅니다. 귀한 글을 주신 정희진 선생, 정성껏 책을 만들어주신 교양인에 감사드립니다.

2020년 늦봄
정찬

책을 펴내며

제1부 ———————————— 문학과 예술의 운명

제2부 ———————— 슬픔의 힘을 믿는다

제3부 ———————— 폭력의 기억, 슬픔의 공동체

제1부

문학과 예술의 운명

ⓒ 정찬

이덕희,
삶과 죽음 사이 심연으로

죽음은, 누구의 죽음이나 엄숙한 사실이다. 더구나 그것이 의식적으로 선택되고 논리적으로 사유된 결과인 경우, 우리는 무엇이 그를 죽음에 던져 넣는가를 알고 싶어 해도 마땅할 것이다.

전혜린은 이 글을 쓰고 며칠 후(1965년 1월 10일) 죽었다. 향년 31. 공식 사인은 수면제 과다 복용이었다. 전혜린의 '소울 메이트'로 훗날 《전혜린 평전》을 쓴 작가 이덕희는 죽음 하루 전 전혜린을 단골 다방 '학림'에서 만났다. 전혜린이 "세코날 마흔 알을 흰 것으로 구해 좋아 죽을 지경"이라고 말했을 때 조금도 이상하게 생각하지 않았다. 그들은 불면증으로 수면제를 상용했고, 때때로 신경을 마취시키기 위한 '매개물'로 이용하고 있었기 때문이다.

"혜린의 죽음을 처음 전해 들었을 때 한순간 경악했지만 어쩐지 모든 것을 이해할 수 있을 것도 같았다. 그러나 회고컨대 그 당시 나를 지배한 것은 슬픔이 아니었다. 내가 생각해도 이 상할 만큼 나는 그때 전혀 울지 않았다. 오히려 뭔가 괘씸하다 는 생각이 들었다는 게 정직한 고백이다. 뭔가 그녀에게 이니 셔티브를 뺏겨버린 것 같은 묘한 감정이 한동안 나를 지배한 것이다. 그녀의 상실로 인한 아쉬움과 그리움을 실감하게 된 건 아주 뒷날의 일이다."

당시 스물아홉 살이었던 이덕희는 자살을 꿈꾸고 있었다. 그녀의 이십 대는 '절대와 완전에 대한 과대망상적 집착'으로 점철된 시절이었다. 어떤 것이 아니라 모든 것을 알고 싶었고, 무엇이나 다 되어보고 싶었고, 온갖 것을 다 사랑하고 싶었다. 삶의 모습이 날아오르는 자세일 수밖에 없었다. 그런 그녀에게 삼십 대는 힘의 한계를 깨닫는 시간, 온갖 가능성 대신 한 가지 확실한 것을 선택해야 하는 시간, 날아오르는 자세에서 발을 땅에 내려놓아야 하는 시간이었다. 이덕희가 스물아홉 살까지만 살기로 맹세한 까닭은 여기에 있었다. 그런 상황에서 전혜린의 죽음이 벼락처럼 그녀를 내려친 것이다.

내가 이덕희와 교유하기 시작한 것은 1990년대 초였다. 당시 오십 대 중반이었던 이덕희는 그때까지도 발을 땅에 내려놓지 못하고 있는 것처럼 보였다. 정신의 한계를 몰랐던 이십

대 시절에는 별을 향해 날아오르는 자세를 취할 수 있었지만, 정신의 한계를 무섭도록 느끼는 데다, 건강을 잃어 육신의 눈치를 보고 있던 오십 대 중반의 그녀가 날아오르는 자세를 취한다는 것은 불가능한 일이었다. 땅에 발을 디딜 수도 없고, 날 수도 없는 존재가 취할 수 있는 자세는 무엇일까? 그것이 어떤 형태의 자세이든 일상인에게는 낯설고 이상하게, 때로는 기이하게까지 보였을 것이다. 그런 실존적 상황이 이덕희로 하여금 사람과의 관계를 끊고 책과 음악 속으로 들어가 망자의 혼들과 함께 살아가게 했다.

글을 쓰지 못하면 죽은 목숨이라고 했던 그녀가 건강 악화로 글을 거의 못 쓰게 된 것은 70세로 들어서면서였다. 시력이 약해져 책을 제대로 보지 못하는 것도 견디기 힘든 고통이었다. 만성적인 수면 부족에 시달렸던 그녀에게 환청 증세까지 생겨 짧은 잠마저 잠식당했다. 그녀가 유일하게 누리는 호사는 커피였다. 억지로 하루 한 번 식사를 하는 것은 커피를 마시기 위해서였다. 오래전부터 그녀는 나에게 죽고 싶다는 말을 자주 했다. 육신이라는 지옥 속에 갇혀 있는 것 같다고 했다.

이덕희가 숨을 거둔 것은 지난 8월 11일 새벽이었다. 향년 79. 사인은 영양실조로 인한 폐렴이었다. 의사의 말에 따르면 육신이 그녀의 뼛속 영양소까지 앗아가 뼈가 녹아내렸다고 했다. 전혜린이 선택한 죽음과 극단적으로 다른 형태의 죽음이었다. 그녀는 자신의 남루한 방에서 홀로 그렇게 죽어갔다. 누구의 시선도 없이.

이십 대 시절 이덕희는 세코날을 상습적으로 복용했다. 여섯 알 이상 먹으면 생명에 위험을 초래할 수 있음에도 열 알까지 먹은 적이 있었다. 심지어 어떤 날은 몸 안에서 작용하는 세코날의 양에 따라 의식이 어떤 상태로 변하는지 너무 궁금해 일기장을 펼쳐놓고 직접 실험까지 했다. 그런 그녀가 뼈가 녹아내리는 참혹한 상태에 이르도록 생명의 끈을 놓지 않았던 이유는 무엇일까? 무엇을 보려고 삶과 죽음 사이, 그 아득한 심연 속으로 그토록 깊숙이 들어갔을까? 그리고 무엇을 보았기에 죽음의 얼굴이 그토록 평안하고 아름다웠을까? 영원히 알 수 없는 일이다. (2016년)

채영주,
세 번의 일탈

6월이 오면 생각나는 사람이 있다. 소설가 채영주다. 그가 숨을 거둔 것은 2002년 6월 15일이었다. 향년 40. 월드컵 예선 마지막 경기에서 한국이 포르투갈을 꺾고 첫 16강에 진출해 전국이 열기에 휩싸여 있을 때였다. 그의 죽음은 여느 죽음과 달랐다. 사인은 위 무력증이었다. 아사(餓死)한 것이다. 많은 사람들이 위 무력증에 시달리나 위 무력증으로 죽는 사람은 거의 없다. 의사는 채영주에게 나타난 증상이 병리학적으로 이해할 수 없을 만큼 심각해 정신과 치료를 권유했다. 한동안 정신과 전문의 치료를 받았으나 효과가 없었다.

앙드레 말로에게 문학은 운명을 소유하는 수단이었다. 덧없는 인간의 유한성을 극복하기 위한 가장 유효한 도구가 문학인 것이었다. 채영주에게 문학은 무엇이었을까? 2남 2녀 중

막내였던 그는 공부를 무척 잘했다. 교사였던 양친이 막내에게 원한 것은 학자였다. 서울대 정치학과 4학년 때인 1984년 그는 양친의 소망대로 정치학자가 되기 위해 독일 유학을 준비했다. 유학 관련 시험을 하루 앞둔 8월 어느 날 주변과 연락을 끊고 잠적해 집안이 발칵 뒤집혔다. 그는 대전, 전주, 광주 등지를 떠돌며 익명의 존재가 되어 웨이터, 주방 보조, 빵 공장 직공 등의 일을 하면서 자신의 삶과 전혀 다르게 살아온 사람들 속에서 살았다. 그해 10월 부친의 병환 소식에 귀가하여 양친에게 학자의 길을 접고 소설가가 되겠다는 결심을 밝혔다. 견고한 교육자 가풍 속에서 조형된 삶에 저항한 혁명적 일탈 행위이자 존재의 변신이었다.

채영주의 두 번째 일탈 행위는 1992년 결혼 직전에 일어났다. 결혼식을 며칠 앞두고 잠적한 것이다. 그 사실을 모르고 식장을 찾은 하객들이 꽤 있었다고 한다. 그가 잠적한 가장 큰 이유는 1991년 3월 동남아시아 여행 도중 타이에서 만난 중국계 싱가포르 국적 여성 주채여(朱彩如)였다. 1993년 5월 채영주는 주채여와 결혼했다. 자기 내면의 불확실성에 대한 환멸 때문에 누구도 책임 있게 사랑할 수 없다던 그가 책임 있게 사랑할 수밖에 없는 사람을 만난 것이다. 그의 세 번째 일탈이자 변신은 그 전보다 한층 근원적이었다. 죽음보다 더 근원적인 일탈과 변신은 없다.

채영주의 목소리를 마지막으로 들은 것은 2002년 4월 초순이었다. 이사를 앞두고 그에게 전화했는데, 얼마 전부터 부쩍 위가 약해져서 음식을 제대로 먹지 못한다고 했다. 이사 후 집이 정리되면 초대하겠다는 나의 말에 그는 빨리 위가 좋아져 형수님이 차려주신 음식을 맛있게 먹으면 좋겠다고 밝은 목소리로 말했다. 약속을 지키지 못한 것은 그렇게 홀연 떠날 줄은 꿈에도 몰랐기 때문이다. 언젠가 그가 가족을 데리고 집에 놀러온 적이 있다. 딸 스민이 아장아장 걸을 때였다. 나는 아내와 어린 딸을 향한 채영주의 한없는 사랑을 알고 있다. 딸을 이야기할 때는 꿈속의 존재를 이야기하는 듯한 표정이었다. 그런 그가 왜 굶어 죽었을까?

1988년 11월 〈문학과 사회〉 겨울호에 단편 〈노점 사내〉를 발표하며 소설가의 길에 들어선 후 2002년 타계할 때까지 세 권의 소설집과 다섯 권의 장편소설을 펴내는 동안 그 흔한 문학상들이 모두 채영주를 비껴갔다. 그의 소설은 문학상 받을 자격이 충분하다는 게 나의 생각이다. 그는 원고와 인세로 가족을 부양해야 하는 전업 작가였지만 대중성에 능숙하지 못했다. 자신에게 주어진 운명을 거역하고 문학에 투신한 그에게 문학은 좀처럼 사랑을 허락하지 않았다. 맑고 예민하고 엄격한 그의 영혼이 입은 상처와 절망의 깊이를 헤아릴 눈이 나에게는 없다.

프란츠 카프카는 지인에게 보내는 편지에서 "시간은 짧고 힘은 적습니다. 이런 상황에서는 아름답고 똑바른 삶이 불가능하기에 무슨 수를 써서라도 자신의 길을 찾으려고 노력하지 않으면 안 됩니다."라고 썼다. 그가 숨을 거둔 것은 마흔한 번째 생일을 한 달 앞둔 1924년 6월 3일이었다. 카프카의 일기에서 내 가슴을 가장 아프게 하는 것은 "나는 아직까지 결정적인 것을 쓰지 않았다. 나는 아직도 두 팔을 벌린 채 떠내려가고 있다. 앞으로 내가 해야 할 일은 엄청나다."라는 문장이다. 하지만 카프카는 두 팔을 벌린 채 소리도 없이 저쪽 세계로 넘어가버렸다. 자신의 모든 글을 태워 달라는 유언을 남기고. 채영주는 그토록 사랑했던 아내와 딸을 남겨놓고 어떤 자세로 저쪽 세계를 넘어갔는지, 알 길이 없다. 그가 남긴 유언은 자신의 죽음을 알리지 말라는 것이었다. (2017년)

봉준호의 질문

봉준호 감독의 영화 〈옥자〉는 미국의 거대 기업이
유전자 조작으로 만든 슈퍼 돼지 '옥자'와, 옥자를 10년 동안
키운 소녀 '미자'의 모험 서사를 통해 자본주의 육식 시스템
을 조롱하는 블랙 코미디다. '옥자'는 왜 돼지인가? 돼지의 지
능 지수(IQ)는 진돗개(IQ 60)보다 높은 70~80으로 알려져 있
다. 대부분의 돼지들이 정신 이상을 겪는 것은 열악한 삶의 조
건 때문이다. 이빨이 뽑히고 꼬리가 잘린 후 0.43평 남짓한 울
타리 안에서 평생을 보낸다. 도살장에서는 마취가 제대로 이
루어지지 않아 도축 직전 각성을 일으켜 죽음의 과정을 생생
히 겪는다. 구제역이 발생하면 땅속에 산 채로 묻힌다.

봉준호 감독의 고백에 따르면 〈옥자〉 시나리오를 쓰던
2015년 어느 날 미국 콜로라도의 대형 도축장에서 동물들이

'분해'되는 과정을 자세히 본 후 두 달 동안 고기를 먹지 못했다고 했다. 정치적, 철학적 결정 때문이 아니라 도살장에서 맡은 강렬한 냄새가 계속 몸을 따라오는 것 같아 절로 못 먹게 되었다는 것이다.

힌두교 경전 《브라흐마나》에는 저승을 들여다본 성자 브리구의 이야기가 있다. 사람들의 팔다리를 자르고 있는 이들을 만난 브리구가 연유를 물었더니 "이 사람들이 저 세상에서 우리의 팔다리를 잘랐으니 이 세상에서는 우리가 그들의 팔다리를 자르고 있다."고 대답했다. 이승에서 사람들에게 도살당해 먹힌 동물들이 사람의 형상을 하고 그 사람들을 잘라 먹고 있었던 것이다. 고기라는 말은 범어(梵語)로 맘사(Mamsa)인데, '맘'은 '나를'이라는 뜻이며, '사'는 '그가'라는 뜻이다. '이승에서 내가 먹은 그가 저승에서 나를 먹는다'는 뜻이 들어 있는 것이다. 경전은 여기에 대한 구제책으로 희생을 제시한다. 희생의 행위가 살아가는 동안 지은 죄의 응보에서 벗어나게 한다는 것이다.

봉준호 감독의 영화를 들여다보면 서사를 떠받치는 중심 기둥이 희생이다. 〈플란다스의 개〉는 개가 누군가에게 희생되면서 벌어지는 추적극이며, 〈살인의 추억〉은 희생자가 가해자와 함께 캄캄한 심연 속으로 끊임없이 사라지는 미로의 극이다.

〈괴물〉에서는 희생자인 '괴물'이 자신이 희생자인 줄 모른 채 가해자가 되어 '인육 만찬'을 벌이는 동안 서사의 중심인물인 소녀 현서는 죽음의 맨홀에서 빠져나오지 못하고, 〈마더〉는 아들을 '희생자'로 생각하는 어머니가 아들이 저지른 살인을 은폐하기 위해 목격자를 살인함으로써 스스로 가해자이면서 희생자가 되어 모성 신화를 그로테스크하게 균열시킨다. 〈설국열차〉에서는 기상 이변이라는 묵시록적 재앙 속에서 유일한 삶의 공간인 설국열차가 열차 밑바닥에 갇힌 어린이들과 하층계급인 꼬리 칸 승객들의 희생을 동력원으로 삼아 연옥의 축도인 삶의 무한궤도를 질주한다. 그리고 〈옥자〉.

인간에 의해 엔지니어링된 슈퍼 돼지 '옥자'는 자본이 구축한 육식 시스템 희생자의 표상이다. 그 생명체는 놀랍게도 산골 소녀 미자의 '소울 메이트'다. 참된 생명의 공간에서 희생의 공간으로 갈 수밖에 없는 옥자의 운명을 미자가 받아들이는 것은 불가능하다. 미자에게 옥자의 운명은 곧 자신의 운명이기 때문이다. 여기에 〈옥자〉의 중심 주제와 봉준호의 세계관이 집약되어 있다. 〈옥자〉가 문제적 영화인 것은 우리에게 대단히 중요한 질문을 하기 때문이다. '동물의 운명이 곧 인간의 운명일 수 있는가?'라는 질문이다.

육류 소비의 가파른 증가가 환경 재앙으로 이어진다는 과학자들의 주장이 오래전부터 제기되어 왔다. 2014년 9월 케임브리지대학과 애버딘대학 공동 연구진은 "현재와 같은 추세로 육류 소비가 진행되면 2050년까지 예상을 크게 초과하는 온실가스 배출로 이어져 치명적인 환경 재앙을 초래할 것"이라는 연구 결과를 발표했다.

육식 시스템을 윤리적 문제로 접근하는 철학자 피터 싱어는 "만일 식물도 동물처럼 고통을 지각할 수 있는 존재로 밝혀진다면 식물은 도덕적 존재"라고 했다. 피터 싱어에게 동물은 도덕적 존재인 것이다. 인간은 도덕적 존재일 수도 있는 동물을 지옥 같은 삶을 살게 한 후 도축하여 정교하게 분해해서 이빨로 뜯고 씹어 캄캄한 내장 속으로 끊임없이 삼킨다. 봉준호 감독이 미자로 하여금 옥자를 살리게 한 것은 '도덕적 존재'에 대한 봉준호식 애정의 표현일 것이다. 측량이 불가능한 동물들의 고통은 어디로 흘러가는 것일까? (2017년)

〈미인도〉의 비극

국립현대미술관은 지난 4월 과천관 소장품 특별전에 위작 논란이 진행 중인 〈미인도〉를 26년 만에 공개했다. 검찰이 진품으로 결론 내린 지 4개월 후였다. 이에 대해 천경자의 둘째 딸 김정희는 7월 20일 〈미인도〉가 위작임을 논증한 책《천경자 코드》출간 기자회견에서 법적 결론이 나지 않은 〈미인도〉 전시는 어머니에 대한 최소한의 예의조차 저버리는 행태라고 비판했다.

〈미인도〉가 세상에 처음 알려진 것은 1991년 3월 31일 국립현대미술관 소장 작품 전시회에서였다. 그 사실을 지인에게 전해들은 천경자는 국립현대미술관 측에 확인을 요구했다. 자신의 그림에 그런 제목을 붙인 기억이 없었기 때문이다. 〈미인도〉를 본 천경자는 "눈에 힘이 없어 얼굴이 허깨비 같다. 코가

벙벙하게 그려졌고, 머리의 꽃이 조잡하다. 이건 내 그림이 아니다."라고 잘라 말했다.

〈미인도〉가 제작되었다는 1977년은 천경자가 창작에 혼신을 다한 해였다. 〈수녀 테레사〉, 〈내 슬픈 전설의 22페이지〉, 〈나비와 여인의 초상〉과 같은 미학적 완성도가 높은 작품들이 이해에 태어났다. 국립현대미술관은 "목에 칼이 들어와도 〈미인도〉는 내 그림이 아니다."라는 천경자의 말을 받아들였어야 한다. '미술품 감정의 종결자는 작가'라는 수칙이 국내외 미술계에서 '감정의 척도'로 지켜져 왔기 때문이다. 불행히도 국립현대미술관은 한국화랑협회 소속 감정위원회에 감정을 의뢰했다. 감정위원회는 〈미인도〉가 위작이라고 주장한 사람들을 감정위원에서 배제한 반면, 국립현대미술관의 눈치를 살필 수밖에 없는 화랑 대표를 다섯 명이나 위촉했다. 감정 결과 〈미인도〉가 진품이라고 발표했다.

작가에게 작품은 혼의 분신이며 자기 존재 자체이다. 더욱이 천경자는 개념보다는 혼을 창작의 중심에 두는 작가였다. 천경자가 작품 파는 것을 유난히 꺼린 이유는 여기에 있었다. "자식 팔아먹은 어미 심정 같다."고 했다. 마지못해 작품을 판 뒤에는 밤새 잠을 이루지 못하고 다음 날 되찾아 오기까지 했다. 그런 작가를 국립현대미술관은 '자신의 작품을 못 알아보는 정신 나간 작가'로 몰아갔다. 왜 그랬을까? 〈미인도〉가 위작으로 판명 나면 국립현대미술관의 권위가 무너지면서 그 사건과 관계된 관료들이 자리를 보전할 수 없기 때문이다.

절망한 천경자가 절필을 선언하고 '〈미인도〉는 위작'이라는 내용의 친필 공증서를 남긴 채 미국으로 떠난 지 7년 후인 1999년 7월 동양화 위조 사건으로 입건된 권춘식은 담당 검사에게 "화랑을 운영하는 친구의 요청으로 천경자 그림에서 꽃과 나비, 얼굴 형태를 본떠 〈미인도〉를 그려주었다. 천 화백은 가는 붓으로 물감을 여러 겹 쌓아 두텁게 그리지만 나는 단기간에 완성해야 했기에 두꺼운 붓으로 쓱쓱 칠했다. 한 3일 정도 걸린 것 같다."고 진술했다.

2003년 7월 뇌출혈로 쓰러진 천경자가 언어 기능을 상실한 채 누워만 있다가 2015년 8월 별세하자 '〈미인도〉 사건'이 다시 관심사로 떠올랐다. 그해 11월 국립현대미술관이 국회에 제출한 '〈미인도〉 위작 논란 경과 보고서'에서 중요한 내용들이 거짓으로 드러나자 2016년 4월 김정희와 공동변호인단은 국립현대미술관 전·현직 관계자 여섯 명을 허위 사실 유포 등으로 고소 고발했다. 검찰의 수사 과정에서 세계적으로 명성이 높은 프랑스 뤼미에르 광학연구소가 〈미인도〉를 감정했는데, '진품 확률이 0.0002퍼센트'라는 결론을 내렸다. 그럼에도 검찰은 12월 19일 '〈미인도〉가 진품'이라는 납득이 불가능한 결과를 발표했다.

검찰의 〈미인도〉 감정에 참여한 최광진 미술평론가는 언론에 기고한 칼럼에서 "미학적으로 천 화백의 혼이 느껴지지 않는 점과, 기법적으로 천 화백과 다른 부분을 10여 가지 적어내며 위작으로 판정했다. 그런데 얼마 후 담당 검사에게서 '이거 그냥 진품이라고 보면 어때요'라는 전화를 받고 검찰이 이미 진품으로 결론 내렸다는 것을 눈치챌 수 있었다. 뤼미에르 연구소의 감정 결과도 나오기 전이었다."라고 썼다. 거짓을 지키려면 수많은 거짓이 필요하다. 미술계 전체가 거짓의 피라미드에 연루된 것은 국립현대미술관이 미술계 권력 구조의 정점에 있기 때문이다. 이 권력 구조를 검찰이 보호해준 것이다.

'〈미인도〉 위작 사건'의 과정을 들여다보면 '강기훈 유서 대필 조작 사건'이 떠오른다. 사건의 성격과 형태는 다르지만 국가 권력이 진실을 감추려고 거짓 시스템을 통해 개인의 인권을 철저히 유린한 점에서 본질적으로 두 사건이 자연스럽게 만나기 때문이다. (2017년)

랭보의
'성스러운 죄'

세계 문학사에서 아르튀르 랭보(1854~1891)만큼 가혹하고 미묘하며 이상스러운 삶을 산 예술가를 찾기가 쉽지 않을 것이다. 16세에 시를 쓰기 시작하여 21세에 절필하기까지 랭보가 추구한 시인의 궁극적 모습은 '견자(見者)'였다. 사람의 눈으로는 보지 못하는 것을 보는 자가 견자다. 그러므로 견자의 시는 투시력이 내재한 예언의 언어로 직조된다. 랭보는 인류가 문명을 이루면서 잃어버린 태초의 시인이자 초월적 존재인 샤먼을 희구한 것이다.

샤먼이 되려면 고통이라는 통과 제의를 거쳐야 한다. 랭보에게 통과 제의는 세상의 질서를 초월하는 행위였다. 랭보가 견자를 '성스러운 죄인이자 저주받은 존재'로 표현한 까닭은 여기에 있다. 랭보의 '성스러운 죄'는 17세 때인 1871년 폴 베를렌(1844~1896)을 만나면서 시작된다. 랭보에게 베를렌은 시의 인도자이자 '성스러운 죄의 어머니'였다.

랭보의 눈에 집과 학교와 교회는 영혼을 세상의 틀에 가두려는 좁고 닫힌 세계로 보였다. 랭보가 평생 떠돌아다닌 것은 영혼의 갇힘에 대한 두려움 때문이었다. 랭보의 두 다리는 존재의 날개였다. 1871년 3월 파리에서 민중이 봉기하여 코뮌을 선포했다는 소식에 랭보가 열광한 것은 지극히 당연했다. 얼마나 열광했으면 사회주의 헌법 초안까지 작성했을까. 열일곱 살 시인이 해방의 세계, 축제의 세계를 기쁨의 언어로 설계하는 모습을 상상해보라.

랭보의 '저주받은 삶'은 1873년 7월 베를렌의 총격 사건으로 전환점을 맞는다. 베를렌이 랭보를 향해 두 번 방아쇠를 당겼고, 첫 발이 랭보의 왼손에 박혔다. 죽음의 스침이 불러일으킨 엄청난 충격 속에서 샤를빌의 집으로 귀환한 랭보는 다락방에 틀어박혀 불을 훔친 자, 견자가 되기를 염원한 자가 추락, 방황, 환멸, 포기와 함께 믿음, 희망, 새로운 탄생을 이야기하는 고백록인《지옥에서 보낸 한 철》을 완성한다. 그 후 런던에서 거의 일 년을 머무르며《채색 판화집》을 쓰고는 유럽을 정처 없이 떠돌다 아프리카로 떠난 것은 1880년 3월이었다. 유럽에서의 삶과 함께 '시인의 시간'을 가차 없이 끊어버린 것이다. 랭보가 원한 것은 자신과 관계한 모든 사람을 잊고, 그들에게 잊힌 채 낯선 세계로 사라지는 것이었다. 랭보의 두 다리는 오디세우스의 길을 역류하고 있었다. 랭보가 유럽으로 돌아간다는 것은 불가능했다. 그럼에도 돌아간 것은 존재의 날개를 잔인하게 꺾어버린 병의 습격 때문이다.

랭보가 무릎 통증을 느낀 것은 아비시니아(에티오피아의 옛 이름) 하라르에 거처를 두고 사막과 오지를 떠돌면서 상인 생활을 한 지 11년째 되던 해인 1891년 초였다. 통증은 점점 심해져 걸을 때 못이 비스듬히 박히는 듯했다. 하라르에는 의사도 병원도 없었다. 들것 운반자 열여섯 명을 고용한 랭보는 산과 사막, 비와 태양을 뚫고 가는 300킬로미터의 지옥과 같은 여행을 시작했다. 11일 후 항구 도시 제일라에서 홍해를 건너는 배를 탔고, 사흘 만에 아덴에 도착했다. '매우 위독한 상태의 활액막염'이라고 진단한 아덴의 의사는 유럽의 병원으로 갈 것을 권고했다. 랭보가 마르세유에 도착한 것은 1891년 5월이었다. 한쪽 다리를 절단하는 수술을 받았으나 수술 부위에 통증이 일면서 성한 쪽 다리도 약해지기 시작했다. 7월에 가족이 있는 집으로 갔지만 절단된 부위가 붓고 통증이 계속되어 한 달 후 다시 마르세유 병원으로 돌아왔다. 아프리카로 돌아가기를 열망했던 랭보는 모르핀 주사로 인한 꿈의 상태에서 죽었다. 1891년 11월 10일 아침 10시경이었다.

랭보는 존재의 전부였던 시를 왜 가차 없이 버렸을까? 랭보의 진정한 시의 스승은 고대 로마의 시인 베르길리우스(기원전 70~19)였다. 라틴어 수업에서 마주쳤던 베르길리우스의 시에 랭보는 금방 취했다. 견자를 인식하게 된 것은 베르길리우스를 통해서였다. 베르길리우스에게 시 창작은 신성에 이르는 거룩한 노동이었다. 시인은 견자이기에 인류가 시인을 따를 수밖에 없을 것이라 생각했다. 시를 통해 황금 시대를 꿈꾸었던 베르길리우스의 휘황한 비전에 랭보는 황홀을 느꼈다. 하지만 베르길리우스는 시에 절망하여 세상의 지옥 앞에 무릎을 꿇었고, 그 모습을 랭보는 오래된 언어를 통해 보았다. 베르길리우스는 다시 펜을 들었지만 그 모습이 랭보의 눈에는 타락한 시인으로 보였을 것이다. 타락한 시의 스승을 바라보면서 나는 타락하지 않으리라, 나는 견자가 되리라, 랭보는 다짐했을 것이다. 그런 랭보가 왜 시를 가차 없이 버렸을까? 시인의 운명이, 운명의 심연을 들여다보아야 하는 문학이 무섭기 때문은 아니었을까. (2017년)

기형도
'기억의 집'에서

_____

경기도 광명시 소하동 산144 야산에 '기형도 문화 공원'이 들어선 것은 2015년 7월이었다. 공원 안에 〈백야〉, 〈입 속의 검은 잎〉, 〈식목제〉, 〈흔해빠진 독서〉 등 4개의 시비(詩 碑)가 묘비처럼 서 있다. 하늘이 어두워지면 이따금 "한 개 짧은 그림자"가 나타날 듯한 그곳에 2017년 11월 10일 새 집이 문을 열었다. 기형도 문학관이다.

기형도가 종로의 한 심야 극장에서 숨진 채 발견된 것은 1989년 3월 7일 새벽이었다. 향년 29. 유고 시집 《입 속의 검은 잎》은 그해 5월 30일 출간되었다.

"나는 그의 시들을 모아, 그의 시들의 방향으로 불을 지핀다. 향이 타는 냄새가 난다. 죽은 자를 진혼하는 향내 속에서 새로운 그의 육체가 나타난다."

김현이 《입 속의 검은 잎》 작품론에 '한 젊은 시인을 위한 진혼가'라는 부제를 달고, 자신을 "죽음만을 마주하고 있는 늙은이"로 표현한 것은 기형도의 죽음이 자신의 죽음 속으로 파고들고 있음을 느꼈기 때문이 아니었을까. 당시 김현은 치유가 불가능한 병과 힘겹게 싸우고 있었다. 기형도의 죽음은 《입 속의 검은 잎》을 낳았고, 《입 속의 검은 잎》은 김현의 진혼가를 낳았고, 김현의 진혼가는 《입 속의 검은 잎》을 '뜨거운 상징'으로 감쌌다. 뜨거운 상징에 감싸인 《입 속의 검은 잎》이 세계사적 변혁의 시간 속으로 흘러들어 간 것은 우연이면서 필연이었다.

1989년 11월 베를린 장벽의 붕괴로부터 시작된 현실 사회주의의 와해는 한국 문학을 혼돈에 빠뜨렸다. 인류의 오래된 꿈이 스스로 무너지는 모습을 목도한 작가들은 등에 거대 담론을 짊어진 채 역사의 폐허 속을 떠돌고 있었다. 그 폐허 속으로 흘러들어 간 《입 속의 검은 잎》은 거대 담론을 짊어진 작가들이 침묵했던, 혹은 침묵할 수밖에 없었던 존재론적 서정과 미학을 말하고 있었다. 그냥 말하지 않았다. 세계의 끔찍한 불모성과 죽을 수밖에 없는 생명의 근원적 비극을 김수영의 표현처럼 "그림자에조차도 의지하지 않"고 "온몸으로" 말했다.

내가 기형도 문학관을 찾은 것은 눈이 흩날렸던 11월 24일 정오 무렵이었다. 외벽에 〈정거장에서의 충고〉 첫 문장인 "미안하지만 나는 이제 희망을 노래하련다"가 새겨진 흰 천이 걸려 있었다. 기형도는 〈식목제〉에서 "희망도 절망도 같은 줄기가 틔우는 작은 이파리일 뿐, 그리하여 나는 살아가리라"고 했다.

"어느 날 불현듯 / 물 묻은 저녁 세상에 낮게 엎드려 / 물끄러미 팔을 뻗어 너를 가늠할 때 / 너는 어느 시간의 흙 속에 / 아득히 묻혀 있느냐"(〈식목제〉 부분)

시인은 "물 묻은 저녁 세상에 낮게 엎드려" 흙 속에 묻힌 자신에게 어디에 묻혀 있느냐고 질문하고 있다. '흙 속'이 나에게는 죽음의 지층처럼 느껴진다. 죽음의 지층에 묻힌 '나'는 '과거의 나'이면서 '미래의 나'다. 시간을 넘어서서 존재하는 '참된 나'일 수도 있다. 다른 시선으로 보면 불의의 죽음으로 시인에게 '영원한 상처'가 되어버린 시인의 누이로 생각할 수 있고, 죽은 누이와 시인이 뒤섞인 어떤 존재로도 생각할 수 있다. 〈식목제〉 속의 공간은 현실의 공간과 다르다. 과거와 미래가 뒤섞이는 초월적 공간이다. 이 공간 속 인물들은 고정되어 있지 않다. 물처럼 흐르면서 변화한다. 기형도 시의 놀라움은 여기에 있다. 시의 문이 사방팔방 열려 있는 것이다.

내가 기형도를 처음 만난 것은 1988년 늦가을 문우들과의 술자리에서였다. 그는 〈기억의 강〉에 대한 자신의 느낌을 말하면서 "이야기를 만드는 행위의 끔찍함을 어떻게 견디느냐?"고 물었다. 〈기억의 강〉은 그해 〈실천문학〉 가을호에 발표한 나의 중편소설로, 기억이 품고 있는 죄의식에 초점을 맞춘 작품이다. 이야기의 원천은 기억이다. 이런 의미에서 소설은 기억을 미학적 형태로 재창조하는 작업이다. 그러니까 기형도는 '기억의 끔찍함을 어떻게 견디느냐'고 물은 것이다. 정말 알고 싶어 하는 그의 표정이 어둑한 세월 저쪽에서 아련히 떠오른다.

문학관은 시인의 생애를 모은 기억의 집이다. 문학관을 지키고 있는 시인의 누이 기향도는 여기가 기형도의 '빈집'이라고 했다. '빈집'에 갇힌 시인의 기억들을 들여다보면서 우리가 보았던 기형도의 그로테스크한 죽음의 형태가 그의 시 〈이 겨울의 어두운 창문〉에서 어둡게 빛나고 있는 "끝없는 기다림의 직립으로 매달린 꿈의 뼈"가 아니었을까 하는 생각이 몸속으로 흘러들어 왔다. (2017년)

윤이상,
영원한 귀향

베를린 가토 공원묘지에 안장되었던 윤이상(1917~1995)의 유해가 지난 2018년 2월 25일 고향 통영으로 옮겨졌다. 베를린에서 눈을 감은 지 23년 만이었다. 유해는 '2018 통영국제음악제' 개막일인 3월 30일 오후 2시 고인의 소망대로 '바다가 내려다보이고 파도 소리 들리는' 통영국제음악당 뒷마당에 안장된다. 생전에 윤이상은 "음악적 명성은 스쳐 지나가는 하나의 그림자일 뿐이다. 언젠가는 통영으로 돌아가 바다의 고요한 적막 속에서 마음으로 음악을 들으며 내 안의 나를 발견하고 싶다."고 말했다. 그가 통영을 그리워한 것은 통영이 그에게 삶과 음악의 원천이었기 때문이다.

독일의 소설가 루이제 린저는 "윤이상의 음악이 나를 감동시키는 것은 인간의 고귀한 차원과 어두운 충동이 생겨나는 지하의 차원, 영원한 조화의 세계인 천상의 차원을 품고 있기 때문이다. 베토벤의 후기 4중주곡들과 모차르트의 4중주와 5중주곡들에 깃든 심원하고 영원한 질서의 아름다움을 윤이상의 음악에서 경험한다."고 했다. 하지만 윤이상은 자신의 음악을 영원성과 연결시키지 않았다. 겸손의 표현일 수도 있고, 영원성의 덧없음에 대한 표현일 수도 있다. 그럼에도 절대를 갈망했다.

"저의 첼로 협주곡에서 종지부로 향해 치닫는 옥타브의 도약을 생각해보세요. 이 도약은 자유와 순수를 수렴하는 절대로의 갈망을 의미합니다. 절대의 영역을 표현하는 고음은 두 개의 트럼펫이 맡습니다. 첼로가 거기에 이르고자 하지만 불가능하지요."

윤이상이 가장 좋아하는 악기가 첼로다. 그에게 첼로는 인간을 표상한다. 그는 첼로 협주곡을 통해 '인간이란 불가능한 꿈을 꾸는 존재'라고 우리에게 말하는 듯하다. 윤이상에게 꿈은 현실과 분리되지 않는 미묘한 생명체이다. 1967년 6월 박정희 정권의 중앙정보부에 의해 독일에서 서울로 불법 납치되어 사형선고까지 받고 감옥에 유폐된 그가 윤리적으로나 정치적으로나 도저히 받아들일 수 없는 참혹한 현실을 견딜 수 있었던 것은 오페라 〈나비의 꿈〉을 작곡하면서 자신을 장자의 호접지몽(胡蝶之夢) 속 '나비'로 변신시켰기 때문이다.

윤이상의 삶과 음악의 세계관을 집약하는 상징이 고구려 고분 벽화 강서대묘 〈사신도〉이다. 벽화에 그려진 상상의 동물은 네 방위를 나타내는 청룡과 백호, 주작과 현무인데, 이 네 마리 동물들은 개별적 생명체이면서 동시에 한 생명체다. 부분이 전체이며 전체가 부분인 것이다. 그가 벽화의 복제품에서 영감을 받아 작곡한 곡은 〈일곱 악기를 위한 음악〉(1959년), 〈바라〉(1960년), 〈교향악적 정경〉(1960년) 등이다. 1963년 북한으로 들어간 윤이상은 강서대묘 벽화를 직접 보았다. 1500여 년 동안 깊은 땅속에 보존된 벽화에서 그는 표현할 수 없는 색의 깊이, 조화와 긴장이 완벽하게 결합된 구조와 형식에 압도적으로 사로잡혔다. 윤이상의 음악이 각각의 부분은 그것 자체이면서 동시에 전체인 이유는, 아시아적 음악이면서 유럽적 음악인 이유는 그의 음악적 세계관이 강서대묘 벽화의 세계관을 관통하기 때문이다. 그에게 현실이 꿈이며 꿈이 현실인 이유는, 고향(조국)이 남한이면서 북한이며 독일인 이유는 그의 삶이 그의 음악적 세계관을 관통하기 때문이다.

평창올림픽 개막식에 출현하여 세계인의 시선을 사로잡은 인면조와 반인반수의 동물들은 고구려 고분 벽화를 바탕으로 한 이미지이다. 개막을 알리는 평화의 종이 울리자 다섯 아이들을 축제의 마당으로 이끈 동물이 강서대묘 벽화의 백호인 것은 우연이 아니라고 나는 생각한다. 윤이상의 세계관과 평창올림픽 정신의 만남이 역사의 필연으로 느껴지기 때문이다.

1987년 7월 윤이상이 남북한 정부에 '민족합동음악축전' 개최를 제안한 것은 남과 북이 부분이면서 동시에 전체라는 세계관의 표현이자 실천이었다. 윤이상의 제안은 3년 후 결실을 맺어 1990년 10월 평양에서 '범민족통일음악회'가 열렸다. 그해 12월에는 평양 대표단 33명이 참여한 '90 송년 통일 전통음악회'가 서울에서 열렸다. 그사이 윤이상의 건강이 악화되었다. 조금만 걸어도 탈진했다. 그의 오랜 소망인 통영 귀향이 1994년으로 들어서면서 마침내 이루어질 듯했다. 그해 9월 '윤이상 음악제'를 앞두고 귀향이 결정된 것이다. 하지만 김영삼 정부는 돌연 향후 북한에 가지 말 것, 과거의 정치 행적을 반성할 것 등의 약속을 요구했다. 윤이상에게 삶과 음악의 세계관을 송두리째 부정하라는 폭력적 요구였다. 통영 귀향은 윤이상의 마지막 삶의 끈이었다. 그 끈이 끊어지자 그의 삶도 끊어졌다. 윤이상이 숨을 거둔 것은 1995년 11월 3일이었다. (2018년)

'먼 집'으로 떠난
허수경

"수만 리 저편의 너는 집에 없었다. 네가 집에 없었으므로 나는 기분이 좋았다. 너는 어디론가 가서 너의 현재의 시간을, 단 하나, 인간에게 주어진 살아 있는 시간을 살아가고 있을 것이므로."

위의 글은 2005년 가을에 출판된 시인 허수경의 산문집 《모래도시를 찾아서》에 수록된 '작가의 말'이다. '모래도시'는 고고학도였던 허수경이 발굴 작업을 한 도시를 일컫는다. '작가의 말'에서 '너'는 허수경 자신으로 읽힌다. 독일에 사는 시인이 한국에 사는 '나'에게 전화를 하는 것이다. '나'는 시인의 '다른 나'일 수도 있고, '과거의 나'일 수도 있다. 중요한 것은 '너'가 현재의 시간을 살아가고 있을 것이므로 기분이 좋았다는 것이다. "신도 인간도 다 떠난 기억의 골짜기"에서 생명의 흔적만을 찾아 왔기에 현재의 시간, 살아 있는 시간이 한층 사무쳤을 것이다. 하지만 시인은 현재의 시간에서 영원히 사라졌다. 지난 10월 3일 독일 뮌스터에서 위암으로 타계한 것이다. 향년 54. 허수경의 동생 허훈은 "어젯밤에 소식을 들었다. 누나는 2011년 진주에 다녀간 게 마지막 고향 길이었다. 처음 귀국했을 때 공항에서 가족을 찾던 누나의 표정을, 향수병과 두려움에 찬 눈빛을 잊을 수 없다."고 말했다.

1964년 경남 진주에서 태어나 경상대 국어국문학과를 졸업하고 1987년 시인으로 등단한 허수경이 한국을 떠나 독일 뮌스터대학에서 고대 근동 고고학 공부를 시작한 것은 1992년이었다. '존재론적 변신'으로 표현해야 할 만큼 삶의 형태를 통째로 바꾼 것이다. 독일에서 박사 학위를 받고 독일인 교수와 결혼하고 타계할 때까지 26년 동안 글쓰기를 쉼 없이 이어온 데에는 모국어에 대한 허기가 큰 역할을 했을 것이다. 허수경은 '존재할 권리'라는 제목의 에세이에서 "이 나라의 말, 설렌다, 라는 마음을 표현하는 그 말 앞에서 내 마음은 요지부동, 꼼짝하지 않는다. 그 말은 나를 설레게 하지 않는다. 나는 내 말 속에서 설렌다."라는 문장으로 모국어에 대한 저항할 수 없는 향수를 토로했다.

1995년 가을 잠시 귀국한 허수경을 술자리에서 우연히 만나 무슨 이야기를 하다 어린 시절 처음 기차를 타고 간 도시가 외가인 진주라고 말했더니 어둑신했던 그녀의 얼굴이 환해졌다.

"내가 자란 남쪽 지방에는 잘게 썬 방아 잎과 산초 가루를 넣어 추어탕 맛을 내곤 했다. 가을이 깊어 갈 무렵이면 어디에 있든 나는 그 냄새를 그리워했다."

허수경이 그리워한 추어탕 냄새 속에는 태어나고 자란 진주라는 공간과 그 속에서 살아온 '과거의 나'가 아늑히 잠겨 있을 것이다. 2005년 가을에 펴낸 시집 《청동의 시간 감자의 시간》에서 네 편의 시를 특별히 "진주 말로 혹은 내 말로" 옮겨놓은 것은 고향에 대한 간절한 그리움의 표현으로 보인다. 예를 들면 "그 흔한 영혼이라는 거 멀리도 길을 걸어 타박타박 나비도 달도 나무도 다 마다하고 걸어오는 이 저녁이 대구국 끓는 저녁인 셈인데"(〈대구 저녁국〉)를 "그 흐저다한 혼이라는 길이 말종이 먼재도 길 타서 타박타박 나배도 달녁도 낭구도 마다코 걸어다미는 이 저녁 새 대구국 기리는 저녁센데"로 옮겼고, "거친 손을 뱃사공이 내밀며 / 가자, 가자, 할 때, / 그때 어디로, / 라고 묻지 못하는 길 / 오랫동안 걸은 듯"(〈가을 물 가을 불〉 부분)을 "거버덩한 손 사공네 내밀며 / 가입시더, 가예, 할 적, / 그녁 어데로, / 라 청하지 못다한 길 / 오래 하등히

걸은 듯"으로 옮겼다.

작가의 죽음이 여느 죽음과 약간 다른 것은 작품이 삶과 죽음 사이에 놓여 있기 때문이다. 작품이란 뜻 그대로 작가가 만든(作) 물건(品)이다. 물건은 생명체가 아니다. 하지만 작가가 만든 물건의 경우 생명체가 아니라고 말할 수 없다. 은유의 차원에서 작품은 생명체다. 이 생명체가 작가의 삶과 죽음 사이에서 스스로의 빛으로 삶과 죽음을 비춘다. 작가의 죽음만이 지니는 고유성은 여기에서 형성된다.

허수경은 위암 투병 중이던 지난 2월 출판사 편집자에게 편지로 자신의 상태를 알리면서 "얼마 남지 않은 시간 동안 세상에 뿌려놓은 제 글 빛 가운데 제 손길이 다시 닿았으면 하는 책들을 다시 그러모아 빛을 쏘여 달라."고 자신의 소망을 전했다. 거진 반생애를 독일에 살면서 향수와 모국어에 대한 허기를 식량으로 삼아 글을 써 온 시인이 어느 날 죽음과 마주쳐 '혼자 가는 먼 집'의 길을, 그 멀고 캄캄한 길을, 너무나 멀고 캄캄해 등불 없이는 갈 수 없을 것 같은 길을 가야만 한다는 것을 알았을 때 모국어로 이루어진 자신의 책이 등불로 다가오지 않았을까. (2018년)

김윤식,
니체, 도스토옙스키

지난 10월 25일 향년 82세로 별세한 문학평론가 김
윤식은 1987년 8월에 쓴 에세이에서 "사람에 있어 의무란 무
엇이겠는가. 외로움 아니겠는가. 외로움이란 혼자 있음을 직
접적으로 가리킴이다."라고 썼다. 단독 저서만 147종에 이르
는 그의 놀라운 글쓰기의 원천이 '외로움을 사람의 의무'로 생
각한 그의 특별한 세계관에 있다고 봐도 크게 틀리지 않을 것
이다.

나에게 김윤식 글의 진경은 그의 평론집 《황홀경의 사
상》(1984년) 첫 장인 '황홀경의 환각'이다. '안평대군의 제문
과 발문이 양쪽 날개를 이룬' 안견의 〈몽유도원도〉가 품고 있
는 '황금빛'에서 인류의 영원한 꿈인 유토피아 사상을 이끌어
낸 김윤식은 서양의 유토피아 사상의 중요한 자리를 차지하는

아르카디아 사상으로 건너가 유토피아의 땅 아르카디아를 그린 문예 부흥기의 화가 클로드 로랭과 함께 니체를 불러낸다. 1867년 여름 건강 악화로 바젤대학에서 물러나 스위스 산간 마을에 은거하면서 절망과 외로움 속에서 글을 쓰고 있던 니체가 "어제 저녁녘 나는 로랭적 황홀에 빠져 마침내 오래도록 울었다. 내 몸에서도 이러한 일이 체험되었다는 것, 지상에 이러한 풍경이 있다는 것은 미처 알지 못했다."라고 쓴 글에 대해 김윤식은 "독일 고전주의 사상의 황금 광맥이 빛바래져 보이지 않는 가난한 시대를 처음으로 발견한 니체라는 명민한 시인의 놀라움"으로 표현하면서 황홀경의 체험을 통해 한층 더 깊은 세계를 보여준 도스토옙스키로 우리를 끌고 간다.

유토피아의 황홀경과 허무주의는 쌍생아 관계다. 김윤식의 표현에 따르면 '신은 죽었다'로 표상되는 근대라는 이름의 흙더미가 황금 시대를 덮어버렸기 때문에 허무주의가 깊을수록 유토피아가 불러일으키는 황홀경도 깊어지는 것이다. 도스토옙스키의 문제적 소설《악령》의 깊은 황홀경의 바탕에는 인간 속에 내재한 악의 심연이 입을 벌리고 있다. 김윤식이 주목한 것은 '인류로 하여금 사는 일은 물론 죽는 일조차 불가능케 하는 로랭적 황홀경'에 대응하는 새로운 황홀경을 소설을 통해 창조한 도스토옙스키의 독창성이었다.《악령》의 독창성이 심화되어 《카라마조프의 형제들》에서 도스토옙스키는 '로랭적 황홀경을 인류사에 실천으로 옮길 수 있는가?'라는 근원적 질문을 던진다. 그리고《죄와 벌》.

내가 도스토옙스키의 《죄와 벌》을 읽은 것은 열여덟 살 때였다. 신이 존재하지 않는다면 절대적 도덕률이 존재하지 않으며, 이 사실을 깨닫는 자에게는 모든 것이 허용된다는 라스콜니코프의 허무적 초인 사상은 충격적 관념이었다. 그는 절대적 도덕률에 얽매이지 않는 선택된 인간, 즉 초인을 꿈꾸었다. 그 꿈이 라스콜니코프에게 지시한 것은 전당포 노파 살해였다. 꿈이란 마땅히 아름다워야 한다는 사춘기적 상상의 항아리가 산산이 부서지면서 소설이 품고 있는 아득한 심연을 처음으로 엿본 순간이었다.

김윤식은 도스토옙스키 시대의 제정 러시아가 사상(환각)이 현실 위를 질주한 사회라는 것, 라스콜니코프의 도끼는 사상의 물질적 형태라는 것, 전당포 노파 살해는 자신의 혼을 시험하기 위한 '문제적 인물'의 실천 행위라는 것, 소설의 인물이 감행하는 행위의 철저함(악의 철저함이든 선의 철저함이든)이야말로 이미 이룩된 세계의 허위성을 무너뜨릴 수 있는 힘이라는 것을 환기함으로써, 소설에서 역사철학의 중요성과 함께 소설의 심연을 응시하는 시선의 깊이와 두께의 중요성을 깨달게 했다. 그를 바라보는 나의 눈에 문학평론가의 모습보다 사상가의 모습이 더 뚜렷하게 보이는 이유는 여기에 있다.

분단 체제의 한국 사회에서 사상은 라스콜니코프의 도끼처럼 위험했다. 김윤식이 한때 빠져 있었던 헤겔주의자들의 글쓰기 방식을 1980년대 중반에 멈춘 이유에 대해 "헤겔주의자들의 생각이 자본주의 사회를 겨냥한 것이어서 완전한 내적 형식이 되지 못했다."고 말했지만 사회주의를 금기시하는 분단 체제의 지식인이 겪을 수밖에 없는 사상 연구의 한계와 관계없다고 할 수 있을까.

김윤식이 언젠가부터 사상적 내용의 글쓰기에서 물러선 것, 한동안 글쓰기 방향의 지표로 삼았던 헤겔주의자 루카치를 멀리한 것, 더욱이 루카치가 개인적 자아주의의 분열 상태에서 인간다움의 공동체를 찾는 유일한 방식으로 꼽은 장편소설에 거리를 둔 채 단편소설 평에 시간을 바친 것이 위의 사실과 관련이 없다고 할 수 있을까. 언젠가 김윤식은 "나는 일기를 쓰지 않고, 나를 쓰지 않고, 남을 쓰고 있다."고 고백한 적이 있다. 문학평론가의 숙명을 이야기한 것으로 비치지만 그 숙명 속에 분단 체제 지식인의 숙명도 깃들어 있는지도 모른다.

(2018년)

카뮈와 어머니

알베르 카뮈(1913~1960)의 죽음은 한 편의 부조리 극처럼 들이닥쳤다. 프랑스 남쪽 전원 마을 루르마랭에 은거한 카뮈는 아비뇽 역에서 파리행 기차표를 끊었으나 마침 그곳에 내려와 있던 친구의 권유로 그의 승용차를 타고 파리로 향했다. 그 승용차가 5번 국도 빌블르뱅에서 플라타너스 가로수를 들이받은 것은 1960년 1월 4일 오후 2시 조금 못 되어서였다. 운전석 옆자리에 앉은 카뮈는 즉사했다. 향년 47. 주검이 된 카뮈의 호주머니에서 쓰지 못한 기차표가, 카뮈의 검은색 가방에서는 소설 《최초의 인간》 미완성 초고가 발견되었다.

《최초의 인간》이 출판된 것은 그로부터 34년 뒤인 1994년 4월이었다. 소설 첫 페이지에 "중계자: 카뮈 미망인"이라는 글과 함께 "이 책을 결코 읽지 못하는 당신에게"라는 헌사가 있다. '중계자'와 헌사의 대상자는 모두 카뮈 어머니다. 선천적으로 귀가 어두웠던 카뮈 어머니는 문맹이었다.

알제리 이민 3세대였던 카뮈는 아버지 없이 자란 어린 시절에 대해 "가난하게 살아온 수년의 세월은 어떤 감수성을 형성하기에 충분하다. 이런 특별한 경우에는 아들이 어머니에게 품는 기이한 감정이 그의 감수성 전체를 이룬다."고 하면서 "어머니의 그 기이한 무관심의 깊이를 헤아릴 수 있게 해주는 것은 세계의 광대한 고독밖에 없다."고 썼다. 어머니의 고독은 아들의 고독을 낳았고, 아들은 고독 속에서 어머니를 둘러싼 고독의 깊이를 헤아리면서 자신만의 문학 세계를 만들어 나간 것이다. 카뮈의 글에서 '어머니'가 다양한 이미지로 변용되는 이유는 어머니가 문학의 원천이었기 때문이다.

1957년 12월 10일 카뮈는 노벨문학상 수상 소감에서 "세상의 저쪽 끝에서 온갖 수모를 겪고 있는 이름 모를 한 수인(囚人)의 침묵은 작가를 유적(幽寂)으로부터 벗어나게 해준다."고 말했다. 이 문장에서 '수인'을 글자의 의미로만 받아들이면 카뮈의 언어가 품은 풍요로운 상징의 숲으로 들어갈 수 없다. 나의 눈에 수인이라는 언어 속에는 카뮈 어머니 모습이 어른거린다. 타인과의 소통 수단인 언어를 잃어버린 카뮈 어머니야말로 세상의 저쪽 끝에 갇힌 진정한 수인이다. 그 수인의 깊고 어두운 침묵이 아들을 유적으로부터 벗어나게 해주는 것이다.

수상식 이틀 뒤인 12월 12일 오후 스톡홀름대학 학생을 대상으로 한 강연 도중 한 알제리 청년이 "당신은 동유럽 나라들을 위해 탄원서에 서명하면서도 알제리를 위해서는 3년 전부터 서명한 적이 없다."고 카뮈를 비난했다. 당시 알제리는 프랑스에 맞서 독립 전쟁을 벌이고 있었다. 카뮈는 청년에게 "나는 언제나 테러를 비난해 왔다. 나의 어머니와 가족을 해칠지도 모르는 테러리즘에 대해서도 비난하지 않을 수 없다."고 하면서 "나는 정의를 믿는다. 그러나 정의에 앞서 내 어머니를 더 옹호한다."고 말했다. 이 발언에 대해 "알제리인들의 정의에 맞서 카뮈는 자신의 어머니를 내세운다." "수백만 명의 알제리인을 어머니와 동격으로 생각한다."는 등 카뮈를 향한 비난이 쏟아졌다. 카뮈가 노벨문학상 수상자가 되었을 때도 프랑스 지식인 사회에서 "노벨이 끝장난 작품에 왕관을 씌운다." "스웨덴 한림원이 젊은 작가를 찾아냈다고 믿었겠지만 실은 '조기 경화증'을 확인했다."고 야유했다. 카뮈가 비판의 세례 속에 있었던 것은 그가 태어나고 스물일곱 살까지 살았을 뿐 아니라 어머니가 살고 있는 알제리와 아버지의 나라 프랑스를 동시에 껴안고 있었기 때문이다. 두 세계를 대립적 관계로 보는 많은 사람에게는 카뮈의 그런 모습이 '이방인'으로 비쳤을 것이다. 고립과 상처 속에서 카뮈가 몰두한 것은 첫 자전 소설인《최초의 인간》집필이었다.

《최초의 인간》은 유년기, 청장년기, 어머니 등 3부작으로 구상되었지만 카뮈의 돌연한 죽음으로 유년기에서 더 진행되지 못한 미완의 작품으로, 출생에서 열네 살까지의 기억을 바탕 삼아 쓴 성장 소설이다.

1994년 4월《최초의 인간》이 출판되자 프랑스 문단과 지식인 사회는 물론 대중까지 뜨거운 반응을 보였다. 카뮈의 놀라운 '부활'에 대해 영국의 역사학자 토니 주트는 '가장 훌륭한 프랑스인'이라는 제목의 서평에서 "카뮈의 청아한 도덕적 목소리가 1958년의 양극화된 세계에서는 불가능한 방식으로 빛을 발하고 있다."고 썼다. 소비에트와 동유럽 공산국가들의 붕괴로 세계가 다극화되고 자본의 야만적 얼굴이 전면적으로 표출되면서 세계에 대한 새로운 해석이 요구되었을 때 카뮈의 "청아한 도덕적 목소리"가《최초의 인간》과 함께 솟아오른 것이었다. 카뮈의 정직성과 도덕적 용기는 '가장 낮은 존재'인 어머니를 '가장 높은 존재'로 바라보았던 카뮈의 세계관에서 형성되었을 것이라고 나는 생각한다. 아들의 죽음을 겪은 카뮈 어머니는 그로부터 8개월 뒤인 1960년 9월 아들이 떠난 세계로 갔다. (2019년)

미시마 유키오,
'성스러운 황홀'

일본의 작가 미시마 유키오는 1970년 11월 25일 그가 조직한 다테노카이(방패회) 회원 네 명과 함께 도쿄의 육상 자위대 이치가야 주둔지에 들어가 총감을 인질로 삼은 후 자위대원들에게 "지금 자위대만이 일본의 혼을 유지하고 있다. 그럼에도 일본 헌법은 자위대의 존재 근거를 부정한다."며 "헌법 개정을 위해 자위대가 궐기하라."고 호소한 후 할복자살했다. 미시마가 보여준 충격적인 '죽음의 의식'을 파악하려면 그의 소설《금각사》,《우국》과 함께 천황 이데올로기를 들여다보아야 한다.

미시마의 장편소설《금각사》에서 주인공 미조구치는 "세계를 변모시키는 건 인식"이라는 친구의 말에 "세계를 변모시키는 건 행위"라고 반박한다. 미조구치에게 행위의 궁극적 대상은 절대적 미의 응집체인 금각사였다. 그는 자신의 불완전성에 대한 고통을 보상받으려는 욕망 때문에 완전성의 상징인 금각사를 불태운다.

미시마가 천황 이데올로기에 사로잡힌 것은 《금각사》를 쓴 이후로 알려져 있다. 그에게 천황은 일본 문화의 정신에 질서를 부여하는 '미의 총람자(總攬者)'였다. 천황 이데올로기가 환히 드러나는 단편소설 《우국》은 《금각사》가 출판된 지 5년 후인 1961년에 발표되었다.

《우국》의 주인공 다케야마는 수려한 외모를 지닌 황군의 청년 장교이다. 그가 결혼한 지 반년이 될 무렵 한 무리의 청년 장교들이 쿠데타를 일으켰다가 사흘 만에 진압되는 '2·26사건'이 일어난다. 다케야마는 반란군에 참여한 친구들 문제로 번민하다가 황군끼리 서로를 죽여야만 하는 상황을 받아들일 수 없어 군도로 할복자살하였고, 그의 부인 레이코도 자신의 은장도로 남편의 뒤를 따른다.

"레이코는 남편이 구현하고 있는 태양처럼 빛나는 대의를 우러러보았고, 그녀의 몸은 남편이 지닌 사상의 어떤 파편과도 안락하게 융화될 수 있다고 생각했다." "다케야마는 아내와 함께 죽음을 결정했을 때 느꼈던 그 환희에 한 치의 불순함도 없었음을 확신했다." "두 사람이 눈을 마주하다 서로의 눈

속에서 죽음의 올바른 이유를 발견하는 순간 다시금 그들은 누구도 깨뜨릴 수 없는 철벽에 둘러싸여 타인이 손끝 하나 건드릴 수 없는 미와 정의로 무장된 것을 느꼈다."

두 사람은 이런 환각적 상념 속에서 스스로 목숨을 끊은 것이다. 이 소설을 발표하고 9년 후 미시마는 "천황 폐하 만세"를 외친 다음 할복자살했고, 그의 자살을 도운 모리타 마사카쓰도 같은 방식으로 미시마의 뒤를 따랐다. 미시마는 자신이 만든《우국》이라는 극(인식)을 현실에서 행위로 보여준 것이다. 하지만《우국》에서는《금각사》에서 느껴지는 서사의 치열함과 관념의 향기가 전혀 느껴지지 않는다.《우국》의 인물들이 철저하게 천황 이데올로기의 도구로 쓰였기 때문이다. 다케야마와 레이코가 살아 움직이는 생명체가 아니라 '종이 인형'처럼 감각되는 이유는 여기에 있다.

신격 존재인 천황을 국가와 동일시함으로써 일본을 신국(神國)으로 만든 천황 이데올로기가 물질적으로 응집된 공간이 야스쿠니 신사다. 야스쿠니 신사는 전사자들을 추도하는 공간이 아니다. 신의 지위로 올라선 전사자들을 추앙하는 공간이다. 천황이 제주(祭主)가 되어 칙어를 통해 전사자의 혼을 신의 자리로 끌어올렸던 것이다. 아들의 전사에 부모가 기뻐해야 하는 이유는 아들이 자신의 육신을 천황에게 바쳐 천황의 일부가 되었기 때문이다. 삶과 죽음의 보편적 의미까지 해체하여 천황 이데올로기에 복속시켜버리는 신앙적 맹신이 일본의 침략 전쟁을 천황을 위한 성스러운 전쟁으로 변화시켰던 것이다.

히틀러 추종자들이 "나치즘이 추구하는 것을 일본은 본능적으로 성취했다."며 "국가 형태와 국가 의식, 종교적 믿음이 혼용된 유일무이한 나라"라고 감탄한 것은 어떤 나라에서도 찾아볼 수 없는 '야스쿠니 신앙' 때문이었다. 일본 총리의 야스쿠니 신사 참배 행위를 예사롭게 보아서는 안 되는 이유는 여기에 있다.

미시마는 절대미의 상징인 금각사를 불태웠지만 '미의 총람자'로서 절대신의 모습을 한 천황 앞에서는 스스로 자신의 육신을 불태움으로써 천황의 일부가 되는 '성스러운 황홀'을 선택했다. 미시마의 죽음을 천황 이데올로기 관점에서 보면 겨우 이해가 되면서, 동시에 천황 이데올로기에 내장된 가공스러운 '전쟁 에너지'에 전율하게 된다. (2019년)

간독 시대의 언어

간독(簡牘)이라는 말이 있다. 중국에서 종이가 발명되기 전 글을 쓰는 데 사용하던 대쪽이나 얇은 나무쪽을 이르던 말이다. 간(簡)은 대나무를 쪼개어 만든 것이고 독(牘)은 나무를 쪼개어 만든 것으로, 길고 납작한 표면에 글을 쓴다. 일반적 크기의 간독 하나에 30~40개의 글자를 쓸 수 있다. 글자 크기를 줄이면 50자까지도 가능하다. 이 간독을 끈으로 연결하면 책이 되었다. 공자가 읽었던 《주역》은 간독 책으로 알려져 있다. 학자들은 기원전 5세기부터 2세기까지 7백 년 가량을 간독 시대로 본다.

간독 시대의 기자(記者)들은 글자를 잘못 쓰면 칼로 긁어낸 후 다시 써야 하므로 한 자 한 자 전각하듯 썼을 것이다. 그들은 문장에 살을 붙여 엿가락 늘이듯 늘리거나 문장을 비틀지 않았다. 간독의 한정된 면적과 무게 때문이다. 간독은 종이처럼 펼칠 수 없고, 무게도 종이보다 훨씬 무겁다. 책은 무거울수록 그만큼 불편해진다. 간독에 새겨진 글과 글이 표현하고자 하는 실체 사이의 거리가 종이에 쓰인 글보다 훨씬 가까웠을 것이라고 생각하는 이유는 여기에 있다. 그런 그들이 나에게는 장인처럼 보인다. 자신이 만드는 것을 생명체로 느끼는 사람이 장인이다. 간독 시대의 기자들에게 글은 귀하고 소중한 생명체였을 것이라고 나는 생각한다. 이 생명체가 훼손되고 타락하기 시작한 것은 언제부터였을까?

종이가 만들어지면서 언어 공간이 급속도로 팽창했고, 인쇄술의 발전으로 언어들의 체계적 집합체인 책을 필요한 만큼 생산할 수 있게 되었을 뿐 아니라, 언젠가부터 디지털 언어까지 등장하여 그전에는 상상하기 힘들었던 새로운 언어의 세계로 우리를 끌어들이고 있다.

조르조 아감벤은 《불과 글》에서 "책 한 권이 한 장으로 이루어진 두루마리가 페이지가 있는 책으로 바뀌면서 세계는 좌와 우의 페이지로 잘려졌고, 그 결과 두루마리 독서로 체험했던 세계에 대한 연속적 감각이 파괴되었다."고 말한다. 이 말은 책을 화면으로 바꾼 디지털 언어 환경에 대한 성찰의 중요성을 강력히 환기한다.

인류가 까마득한 세월 동안 역사를 등에 짊어지고 쉼 없이 유랑하는 동안 언어라는 생명체도 인류와 함께 유랑을 거듭했다. 그 유랑 속에서 간독 시대의 언어, 그 원초적 언어의 혼은 어디로 사라진 것일까? 아감벤은 "글이 있는 곳에 불은 꺼져 있지만 글은 불을 필연적으로 상기시킨다."고 말한다. 이 문장에서 불은 인류가 잃어버린 것에 대한 은유인데, 나는 '불'을 '원초적 언어의 혼'으로 읽는다. 그런데 사라져버린 '원초적 언어의 혼'을 어떻게 불러들인다는 말인가? 아감벤은 회상이라고 속삭인다. 인간의 삶은 필연적으로 사라진다. 회상은 사라진 것들을 기억하는 행위다. 회상이 부재한 철학과 문학은 본질의 영역에 이를 수 없다는 것이 아감벤의 생각이다.

책 속에는 헤아릴 수 없는 기억들이 축적되어 있다. 그 기억들 속에는 인류가 겪은 무수한 사건들과 그 사건을 잉태한 무수한 원인들이 저마다 고유한 형태를 이루며 역동적으로 운동하고 있다. 진정한 회상은 그 기억들 속에서 '진정한 기억'을 섬세하게 가려낸다. 진정한 기억 속에는 그전의 진정한 기억이 깃들어 있다. 진정한 기억들이 그렇게 사슬처럼 이어져 만들어내는 기억의 길 속으로 들어가면 저 너머 어디에선가 보일 듯 말 듯 희미하게 일렁이는 '원초적 언어의 불'이 눈에 비칠 것이다.

우리는 언어 속에 산다. 언어 속에 존재한다고도 말할 수 있다. 언어를 통해 타인과 소통하고 사회적 관계를 맺고 공동체를 형성하고 발전시켜 나가기 때문이다. 더 나아가 우리는 언어로 신과 인류를 향해 절대적 질문을 던지며, 죽을 수밖에 없는 인간 존재의 본질을 질문하며, 내가 누구인지를 스스로에게 질문한다. 이러한 인간의 모든 사유는 언어를 통해 육체를 획득한다.

지금 우리는 언어가 넘쳐흐르는 시대에 살고 있다. 글을 죽간과 나무에 새길 수밖에 없었던 시대를 지나 종이 시대를 거쳐 디지털 시대가 도래하면서 글의 공간이 무한으로 변해버렸다. 무한의 공간을 어지럽게 떠도는 언어들을 들여다보고 있노라면 마음이 무참해질 때가 많다. 진실을 표현한다는 언어들이 넘쳐흐르지만 정작 진실의 모습은 잘 보이지 않는다. 오히려 진실을 왜곡하고 훼손할 뿐 아니라 갈기갈기 찢기까지 한다. 간독 시대의 장인이 그리워지는 이유는 여기에 있다.

(2019년)

살아서 돌아온 자

지난 2019년 9월 24일 시인 박노해는 '나눔문화'에 시 〈살아서 돌아온 자〉를 올렸다. "진실은 사과나무와 같아 / 진실이 무르익는 시간이 있다"로 시작되어 "눈보라와 불볕과 폭풍우를 / 다 뚫고 나온 강인한 진실만이 / 향기로운 사과알로 붉게 빛나니 …… 그러니 다 맞아라 / 눈을 뜨고 견뎌내라 / 고독하게 강인해라"로 이어지는 〈살아서 돌아온 자〉가 사람들에게 회자되는 것은 시의 내용이 조국을 떠올리기 때문이다.

1984년 9월 출판된 박노해의 첫 시집 《노동의 새벽》은 군부 독재에 짓눌려 있던 한국 사회를 깊이 충격했다. '얼굴 없는' 노동자 시인 박노해가 언어의 칼로 새긴 《노동의 새벽》이 시대의 절망적 어둠을 관통하는 불꽃이 될 수 있었던 것은 평화시장 노동자들의 헤어날 길이 없는 고통을 세상에 알리기 위해 1970년 11월 스스로 자신의 몸을 태운 전태일의 간절한 염원을 씨앗으로 품고 있었기 때문이다.

전태일이 불 속에서 "내 죽음을 헛되이 말라."고 외쳤던 것은 가슴에 서린 진실을 죽음 이외에 알릴 방법을 찾을 수 없었기 때문이다. 박노해의 《노동의 새벽》은 전태일의 죽음을 품고 '새벽'을 향해 나아가는 새로운 생명의 발걸음이었다. 박노해에게 시를 쓰는 일은 전태일의 죽음을 생명으로 변화시키는 사제적 행위였다. 그 행위 속에서 그는 '노동 해방이 이루어지는 세상'을 응시했다.

1989년 11월 '지역별·업종별 노동조합 전국회의'가 주최한 서울대 집회 현장에서 낯선 깃발 하나가 펄럭였다. 박노해와 변혁 운동가 백태웅이 이끄는 '남한사회주의노동자동맹(사노맹)'의 깃발이었다. 군부 독재의 시간 속에서 전위적 혁명가로 솟아오른 두 사람은 공안 당국의 집요한 추적으로 1991년 3월 마침내 체포되었고, 시인의 숨겨진 얼굴이 세상에 알려졌다. 박노해가 24일 동안 참혹한 고문을 겪고, 법정에서 무기징역을 선고받는 동안 소련과 동유럽 사회주의는 조용히 와해되고 있었다.

조국은 사노맹 해산 뒤인 1993년 6월 사회주의 사상을 연구하는 사노맹 산하 '남한사회주의과학원' 사건에 연루되어 구속되었다. 그가 서울대 법대 선배 백태웅의 제안으로 사노맹과 관계를 맺은 것은 사노맹이 추구하는 사회주의와 자신이 추구하는 사회주의가 달랐지만 '사회주의의 뿌리는 인간'이라는 에리히 프롬의 휴머니즘적 사회주의 명제와, 한국 사회에 누적된 자본주의의 폐해를 극복하는 운동이 필요하다는 믿음 때문이었다. 조국은 1심 재판에서 집행유예 선고를 받고 서울 구치소에서 5개월 만에 나왔다.

1998년 8월 15일 특별사면 조치로 7년 6개월 만에 자유의 몸이 된 박노해는 그 뒤 민주화운동 유공자로 복권되었으나 '과거를 팔아 오늘을 살지 않겠다'면서 국가 보상금을 거부하고 2000년 '생명 평화 나눔'을 추구하는 '나눔문화'를 설립한 뒤 침묵과 은둔의 삶으로 들어갔다.

미국의 이라크 침공이 임박한 2003년 3월 어느 날 홀로 전쟁터를 향하는 박노해의 모습이 '나눔문화'를 통해 알려졌다. 그가 전쟁터로 간 것은 "이라크의 죽어 가는 저 죄 없는 아이 곁으로 가기 위해서"였다. 놀랍게도 그는 이라크 전쟁이라는 인류의 불행에 깊은 책임을 느끼고 있었다. 어떤 사건에 대해 스스로 책임을 느끼는 것은 그 사건과 가장 깊은 관계를 맺는 행위다. 책임감이 불러일으킨 슬픔은 부시 미국 대통령의 이라크 전쟁 선포로 극도의 무력감에 빠진 그를 일으켜 세워 전쟁의 비극에 휩쓸린 아이들 곁으로 이끈 것이었다. 그가 세계의 분쟁 현장과 빈곤 지역, 지도에도 없는 마을을 찾아 그들의 절망과 희망을 사진과 언어로 끊임없이 우리에게 전하는 이유는 '깊은 슬픔' 때문일 것이다.

"한 시대의 끝 간 데까지 온몸을 던져 살아온 나는, 슬프게도 길을 잃어버렸다. 나는 이 체제의 경계 밖으로 나를 추방시켜, 거슬러 오르며 길을 찾아 나서야 했다. 내가 가닿을 수 있는 지상의 가장 멀고 높고 깊은 마을과 사람들 속을 걸었다."

그 길 속에서 시인은 문득 걸음을 멈추고 시 〈살아서 돌아온 자〉를 썼다.

"진실은 사과나무와 같아 / 진실한 사람의 상처 난 걸음마다 / 붉은 사과알이 향기롭게 익어오느니 …… 자, 이제 진실의 시간이다"

'진실의 시간'은 상처 난 가슴에 스며들어 고인다. 상처의 힘 속에서 사과나무가 숨쉬는 것이다. 그 상처의 심연에서 피어오르는 사과나무 향기를 지금 우리는 맡고 있다. (2019년)

이스마일 카다레,
소설의 심연

알바니아 출신의 망명 작가 이스마일 카다레는 2019년 10월 26일 강원도 원주 토지문화관에서 열린 '2019 박경리문학상' 시상식 수상 소감에서 "예술은 족쇄 같은 진리를 버리고 창조라는 무거운 짐을 떠맡았다."고 하면서 "알바니아 고원 지방에 통용되는 관습법 '카눈'의 복수에 관한 규칙에 따르면 살인자는 희생자의 장례식에 참석하여 희생자 가족과 함께 식사를 해야 할 의무가 있다. 이 장면은 극적이라는 표현으로는 불충분하다. 카눈의 드라마는 고대인에게 장례식이 삶의 극장이었던 것처럼 삶의 모든 요소를 하나로 엮는다."고 말했다.

카다레의 말을 제대로 이해하려면 그의 장편소설《부서진 사월》을 읽어야 한다. 카다레의 소설은 모국 알바니아의 파란

만장한 역사의 지층에 뿌리내리고 있다.《부서진 사월》도 예외가 아니다. 작가는 알바니아의 옛 관습법 '카눈'의 복수극을 《부서진 사월》에서 서사를 관통하는 핵심 모티브로 썼다.

소설은 스물여섯 살 청년 그조르그의 살인으로 시작된다. 그조르그는 아버지에게 그 사실을 알리고, 아버지는 마을 사람들에게 아들의 살인을 알린다. 얼마 후 "베리샤가(家)의 그조르그가 크리예키크가의 제프를 죽였다."는 외침이 마을 곳곳에 울려 퍼진다. 그조르그의 살인은 범죄가 아니라 집안의 명예를 지키는 신성한 의무였던 것이다.

'그자크스(살인자)'가 된 그조르그는 장례식에 참석하여 희생자 가족과 함께 식탁에 앉아 자신의 장례식에 참석할 미래의 '그자크스'는 누구일까 생각한다. 그의 살인은 형의 죽음에 대한 복수이자, 그의 조상들이 오랜 세월 동안 벗어나지 못한 복수극의 재현이다. 그조르그가 "미움의 감정 없이, 오직 운명의 차가운 눈빛"만으로 살인의 방아쇠를 당긴 것은 누대에 걸친 복수극의 순환 고리에서 빠져나올 힘이 자신에게 없다는 사실을 깨달았기 때문이다. 장례식이 끝나자 중재인이 희생자 가족에게 30일의 휴전을 요청하여 허락받는다. 그조르그는 그날로부터 4월 17일 정오까지 희생자 가족의 복수에서 벗어난 것이다.

장례식 이틀 후 그조르그는 자신이 살인자이며, 복수를 당할 희생자임을 알리는 검은 리본을 소매에 달고 '오르쉬 성'을 찾아 집을 떠난다. 카눈에 따르면 '그자크스'는 '피의 세금'을 바쳐야 한다. 오르쉬 성은 피의 세금을 받는 곳이다. 하지만 성은 좀처럼 모습을 보이지 않는다. 성으로 가까이 갈수록 성은 오히려 멀어진다. 성이라고 생각하여 다가가면 안개 덩어리일 뿐이다. 황량한 고원 마을을 떠돌면서 가혹한 운명 속으로 자신도 모르게 빠져들어 가는 그조르그의 모습을 카다레는 사실적, 알레고리적, 신화적 요소가 뒤섞인 입체적 문체로 조형한다.

　　《부서진 사월》이 문제적 소설인 것은 카눈의 '족쇄 같은 진리'에 갇힌 그조르그의 삶을 통해 '자유 의지'에 대한 근원적 질문과 함께, 인간의 궁극적 폭력인 살인이 얼마나 덧없고 부조리한 행위인지를 아프게 드러내기 때문이다. 그 아픔은 그조르그가 4월 17일 정오가 지난 시각 크리예키크가의 누군가가 겨눈 총에 맞아 죽어 가면서 자신을 죽인 이가 바로 자신임을 느끼는 마지막 장면에 응축되어 있다.

　　"저 탑은 쉬크렐리가의 탑이고 그 뒤쪽은 크리스니크가의 탑이라오. 두 집안이 회수해야 할 피가 얽히고설켜 어느 집안이 복수할 차례인지 알 수 없어 두 집안 모두가 자신들의 탑

속에 틀어박혀 있다우."

고원 마을 노파의 탄식에는 '진리의 독점'이 불러일으킨 오랜 폭력의 상흔이 켜켜이 서려 있다. 노파의 탄식을 듣는 동안 내 머릿속에는 한반도의 비극적인 분단 상황이 스르르 떠올랐다.

그조르그가 아버지에게 들은 이야기에는 두 집안의 마흔두 개 무덤 가운데 스물두 개의 무덤은 복수극이 낳은 것으로 "살인 직전에 쓴 비문(碑文)들과 말(言) 이상의 힘을 지닌 침묵"이 깃들어 있었다.

허리가 잘린 한반도를 떠돌면 헤아릴 수 없는 "비문들과 말 이상의 힘을 지닌 침묵"과 도처에서 마주친다. 알바니아의 평원이었던 코소보에서 인류사를 점철한 전쟁의 살육과 마주치듯. 카다레가 코소보 전쟁의 인종 학살자 밀로셰비치를 옹호한 페터 한트케의 2019년 노벨문학상 수상을 비판한 것은 그가 '족쇄 같은 진리'를 버리고 '창조라는 무거운 짐'을 정직하게 짊어진 예술가이기 때문일 것이다. (2019년)

〈공동정범〉과
예술의 힘

김일란 · 이혁상 감독의 다큐 영화 〈공동정범〉(2016년)을 인상 깊게 보았다. DMZ국제다큐영화제와 부산국제영화제에서 상영된 이 영화는 2009년 1월 20일 경찰 특공대원 한 명과 철거민 다섯 명이 사망한 용산참사를 다룬 김일란 · 홍지유 감독의 영화 〈두 개의 문〉(2011년) 후속 편이다. 〈두 개의 문〉이 진압 경찰의 진술과 법정 증언, 경찰의 채증 영상 등을 통해 은폐된 진실을 추적하는 작품이라면, 〈공동정범〉은 참사의 가해자로 기소되어 '공동정범(共同正犯)'으로 4년 형을 살고 나온 철거민 다섯 명의 내면 고백을 통해 참사 이후 그들이 겪은 고통의 실체를 보여주는 영화다.

〈공동정범〉의 제작 의도는 제목에 함축되어 있다. 검찰은 범죄 공모 이후 공모자 일부만이 범죄를 실행했을지라도 나머지 공모자에게도 같은 죄가 성립하는 '공모 공동정범' 혐의로 철거민들을 기소했고, 재판부는 그것을 받아들였다.

그들이 '공동정범'이 된 것은 불이 난 망루에 있었기 때문이다. 망루는 철거민들에게 최소한의 삶을 지키기 위한 거점이었다. 사랑이 꿈과 기적 사이의 어떤 것이라면, 모욕은 절망과 죽음 사이의 어떤 것이다. 그들은 비정한 물신 사회에서 오랫동안 모욕을 받은 사람들이었다. 망루는 절망과 죽음 사이에서 삶의 가느다란 끈을 잡으려고 세운 '작은 집'이었다. 그 집을 점령하기 위해 국가 권력은 경찰 병력 20개 중대 1,600여 명과 대테러 담당 경찰 특공대 49명을 투입했다.

용산참사에서 목격한 국가폭력이 쌍용차 사태에서 증폭되어 나타난 것은 국민 다수가 용산참사를 묵인했기 때문이다. 백남기 농민이 경찰의 물대포로 사망에 이르렀음에도 죽음까지 모욕당하고 있는 것은 국민 다수가 쌍용차 사태를 묵인한 결과다.

〈공동정범〉의 놀라운 점은 참사 이후 트라우마로 고통받고 있는 그들에게 영화 작업이 치유 행위로 작용한 사실이다. 카메라는 지옥 같았던 기억의 고통에 갇혀 굳어버린 그들의 마음속으로 섬세하게 스며들어 부드럽게 변화시키고 있었다.

예술의 영혼은 본능적으로 고통을 응시한다. 삶의 고통 속에서 예술이 태어났기 때문이다. 예술가들이 세계의 고통에 대해 끊임없이 질문하는 이유는 여기에 있다.

최근 청와대가 문화체육관광부로 내려보낸 문건에 정치 검열 대상자 예술인 9,473명의 이름이 명시된 블랙리스트가 확인되어 충격을 불러일으켰다. 예술인 9,473명이 청와대에 의해 정부 비판 행위라는 죄목으로 '공동정범'이 된 것이다. 그후 예술인들이 '우리 모두가 블랙리스트 예술가'라고 선언했으니, 여기에 동의하는 모든 예술인들은 '공동정범'이다.

그동안 우리는 이해할 수 없는 사건들을 끊임없이 목도하며 살아왔다. 물이 썩어 국토의 젖줄이 녹차 죽처럼 짙푸르게 변하는데도 어떤 대책도 내놓지 않고, 규모 5.8의 지진이 났음에도 그 지진대에 계속 원전을 짓겠다고 하는 정부를 무슨 방법으로 이해할 수 있을까? 304명의 사람이 타고 있는 배가 바닷속으로 가라앉는데 바라보는 것 이외는 아무것도 할 수 없었던 연옥의 풍경과, 그 연옥을 기어이 완성시키겠다는 듯이 아이를 잃은 후 존재가 뿌리째 뽑혀버린 고통을 겪고 있는, 죽어야만 벗어날 수 있는 고통임에도 기억 속에는 아이가 살아 있기에 그 기억을 간직하려고 고통을 견디고 있는 사람들을 적대하는 또 다른 사람들을 어떻게 이해할 수 있을까? 예술인 블랙리스트까지 목도한 참담한 상황에서 급기야는 최순실이라는 저잣거리 여인이 대통령을 아래에 두고 국가 운영을 좌지우지한, 너무나 기괴해 국가가 통째로 블랙 코미디 속으로 들어가버린 사건을 목도하기에 이르렀다.

베르톨트 브레히트가 나치의 블랙리스트에 오른 것은 1923년이었다. 1933년에는 브레히트의 모든 작품이 금서가 되었다. 그가 오랜 망명 생활 끝에 독일로 귀국한 것은 1949년이었다. 그때부터 1956년 심장마비로 운명할 때까지 브레히트의 예술 활동은 나치에 의해 훼손되고 잃어버린 것들을 회복시키는 데 집중되었다. 한국 사회에서 황폐화된 것, 한국 사회가 잃어버린 것들은 무엇일까? '공동정범 예술인'들에게 피할 수 없는 과제가 되어버렸다. (2016년)

위로할 수 없는
슬픔

인간이 운명적으로 불행한 존재인 것은 기쁨에는 한계가 있지만 고통에는 한계가 없기 때문이다. 그 가없는 고통의 중심에 자식 잃은 어머니의 슬픔이 있다. 위로가 불가능한 그 슬픔을 수많은 예술가들이 표현해 왔는데, 가장 널리 알려진 작품이 바티칸 산피에트로 대성당에 있는 미켈란젤로의 〈피에타〉일 것이다. 숨진 그리스도를 끌어안고 슬퍼하는 마리아의 형상이 지나치게 아름다운 것은 미켈란젤로가 스물네 살이라는 너무나 젊은 나이에 피에타를 만들었기 때문이라고 나는 생각한다. 예술의 원천이 고통임을, 89년이라는 긴 생애를 살면서 온몸으로 보여준 미켈란젤로가 노년에 만들었다면 다른 질감의 피에타가 창조되었을 것이다.

전쟁과 폭력 희생자 추모관인 독일 베를린의 '노이에 바헤'에 미켈란젤로의 〈피에타〉와 질감이 전혀 다른 피에타가 있다. 미켈란젤로의 피에타를 모본으로 한 그 조각상은 독일의 여성작가 케테 콜비츠의 〈죽은 아들을 안고 있는 어머니〉(1937~1938년)다.

1890년대에서 1940년대에 이르기까지 실천적 예술가로서 당대의 참혹한 현실을 치열하게 형상화한 콜비츠는 색채가 지닌 미학적 유희의 한계를 깨닫고 검은색, 회색, 백색만으로 빈자와 억압받는 자의 슬픔과 고통을 밀도 있게 표현해냈다. 특히 가부장 사회가 직조해 온 여성의 나약하고 수동적인 모습을 깨뜨리고 주체적 자아로서 삶의 고통과 강인하게 맞서는 여성을 형상화하는 데 힘을 쏟았다. 콜비츠의 예술이 '희생자'라는 존재의 본질을 더욱 심층적으로 파고든 것은 1914년 둘째 아들 페터를 전쟁에서 잃고 나서였다.

"페터야. 사랑스런 나의 아들아. 네가 그렇게 황급히 떠난 지 두 달이 되었구나. 나의 페터야. 나는 계속 너의 뜻에 충실하련다. 너의 뜻이 무엇이었던가를 잊지 않고 지켜 가련다. 내가 그렇게 노력할 때 나의 페터야, 제발 내 곁에 머물러다오. 나에게 모습을 보여다오."

콜비츠가 조각한 '죽은 아들을 안고 있는 어머니'는 그녀 자신이었던 것이다. 르네상스의 이상화된 모티프를 구현한 미켈

케테 콜비츠, 〈죽은 아들을 안고 있는 어머니〉

란젤로의 피에타와 질감이 다를 수밖에 없었다. 미켈란젤로의 피에타는 화려한 성당 유리벽 속에 보호되어 있지만, 콜비츠의 피에타는 '노이에 바헤' 천장의 둥근 구멍 아래서 비가 오면 비에 젖고, 눈이 내리면 눈에 묻힌다.

차라리 총에 맞아 죽었으면 편히라도 갈 것인데 온몸이 터질 때꺼정 맞아 죽었으니…… 불쌍한 내 새끼……. 아가, 내가 무슨 옷을 입어야 우리 아들이 '어무니' 하면서 알아볼 것 같은가.

몇 푼 벌어보겠다고 일하느라 마지막 전화 못 받아서 미안해. 엄마가 부자가 아니라서 미안해. 없는 집에 너같이 예쁜 애를 태어나게 해서 미안해. 엄마가 지옥 갈게 딸은 천국에 가.

우리 아이를 확인하라고 해서 들어갔는데 머리카락이 피로 떡이져 있고 얼굴이 퉁퉁 부어 있고 뒷머리가 날아간 시체가 누워 있었다. 길을 가다가 뒤통수만 봐도 알아볼 수 있는 아이인데 아무리 들여다봐도 모르겠다. 절대 우리 아이가 아니라고 믿고 싶은데, 그날 입고 나간 옷이 맞다. 우리 아이가 죽는 날 나도 죽었다.

80년 광주의 어머니와 세월호 어머니, 구의역 희생자 어머니의 위로할 수 없는 슬픔들이 우리 사회의 시공간을 유령처럼 떠돌고 있다. 신화와 종교에서 희생자는 성스러운 존재다. 은폐된 죄와 함께 가려진 진실이 희생을 통해 드러나기 때문이다. 공동체가 희생자를 진정으로 애도해야 하는 이유는 여기에 있다. 그 애도의 깊이가 공동체의 깊이임은 말할 나위가 없다. 애도 행위를 못마땅해하고, 혐오하고, 더 나아가 공격하는 사람들의 마음에는 진실에 대한 불편함과 두려움이 있다.

콜비츠가 자신의 생애 마지막 작품에 붙인 제목은 〈씨앗이 짓이겨져서는 안 된다〉(1942년)였다. 지금 우리는 씨앗 같은 생명들이 구조적으로 짓이겨지는 광경을 목도하고 있다. 죽음의 일상화는 애도의 결핍을 낳고, 애도의 결핍은 죄를 은폐하고 진실을 박제한다. 유령처럼 떠돌고 있는 슬픔들을 끊임없이 육신화해야 하는 까닭은 여기에 있다. 그 육신들이 시체가 되어 산처럼 쌓일지라도.

광화문 광장에서 비가 오면 비에 젖고, 눈이 내리면 눈에 묻히는 우리의 피에타를 보고 싶다. (2016년)

'토리노의 말'을
응시하라

'토리노의 말'은 니체가 1889년 1월 토리노의 거리를 걷다가 마부의 모진 채찍질에도 꿈쩍도 하지 않는 말을 끌어안고 울었고, 그 후 정신 착란 속에서 10년을 살다 운명했다는 짧은 이야기다. 이 짧은 이야기가 예술가들에게 매혹적인 것은 이야기에 내재된 깊은 상징 때문이다. 상징은 그 깊이만큼 풍요로운 해석과 창조를 낳는다. 마부의 채찍에도 움직이지 않는 말의 모습이 니체의 눈에는 노예 노동을 거부함으로써 타락한 일상을 부정하는 '자유 정신'으로 보였고, 그 선택으로 말이 견뎌야 했던 채찍질의 고통에 자신의 실존적 상황이 투영되었기 때문에 니체가 울었다는 것이다. 니체가 말의 고통에서 생명체의 근원적 절망을 보았기 때문에 울었다는 해석도 공감을 불러일으킨다.

"안드레이 타르콥스키를 잇는 이 시대 유일한 시네아스트"로 수식되는 헝가리 영화감독 벨러 터르는 '토리노의 말' 이야기에서 묵시록적 세계를 이끌어낸 영화 〈토리노의 말〉(2011년)을 만들었다. '토리노의 말' 이야기가 영화 〈토리노의 말〉을 낳은 것이다. 영화는 '토리노의 말'에 대한 내레이션에 이어 벌판의 외딴집에서 딸과 함께 사는 마부가 마차를 몰고 집으로 향하는 첫날부터 6일째 되는 날까지의 시간 속에서 붕괴되어 가는 세계를 냉혹하게 묘사한다. 영화 속 6일은 '하느님이 하늘과 땅과 그 가운데 있는 모든 것을 다 이룬' 창세기의 6일을 역으로 배열한 시간이다.

붕괴의 조짐은 마부가 58년간 하루도 빠짐없이 들어 온 나무좀 갉는 소리가 들리지 않는 데에서 나타난다. 다음 날 아침 말이 마부의 말을 듣지 않는다. 그날 마을 남자가 찾아와 술을 청하면서 마부에게 파멸을 낳는 인간 본성과 함께 세계의 종말을 암시하는 이야기를 하지만 마부는 흘려듣는다. 셋째 날, 말은 음식을 거부하고 집시들이 물을 찾아 마부의 집으로 들이닥쳐 우물에서 물을 퍼 올린다. 마부의 딸은 집시 노인에게 책을 한 권 받는데 "아침은 곧 밤으로 바뀔 것이나 밤은 머지않아 끝나리라."라는 문장으로 시작되는 책이다. 다음 날 우물이 바짝 말라 있다. 물이 없으면 살 수 없다. 마부는 딸과 함께 말을 이끌고 어디론가 떠나지만 얼마 후 다시 집으로 돌아온다. 영화는 마부가 돌아온 이유를 밝히지 않는다. 다섯째 날은 기름에 불이 안 붙는다. 빛이 사라진 것이다. 마지막 여섯째 날 마부는 생감자 껍질을 벗겨 씹고, 딸은 말이 그러했듯이 먹는 것을 거부한다. "먹어, 먹어야만 해." 하고 말하던 마부도 마침내 먹기를 포기한다. 영화는 식탁에 마주 앉은 두 사람이 침묵과 어둠에 정물처럼 잠겨들면서 끝난다. 벨러 터르는 〈토리노의 말〉을 "피할 수 없는 죽음에 대한 영화"라고 말했다. 이 어둡고 느리고 장중한 영화는 시작부터 마지막까지 희망을 보여주지 않는다. 하지만 보여주었다고 말할 수도 있다. 집시 노인이 마부의 딸에게 건넨 책의 첫 문장 때문이다. 영상이 아닌 바짝 마른 언어로 보여준 것이다.

'토리노의 말'을 휘감고 있는 상징에서 코로나19로 뒤덮인 지금의 세계를 올바르게 '해석'할 수 있는 무언가를 찾을 수 없을까? '토리노의 말'을 지구라는 생명체, 혹은 지구에 사는 모든 생명체의 상징으로 본다면 해석의 문이 열린다. 코로나19 이후 서울의 공기가 깨끗해졌음을 누구나 느낄 것이다. 중국의 대기 환경도 놀라울 정도로 좋아졌음이 위성 사진을 통해 확인된다. 스탠퍼드대학 지구시스템과학부 마셜 버크 교수는 코로나19로 인한 미세 입자 배출 감소가 중국에서 두 달 동안

4천 명의 어린이와 7만 3천 명 노인의 생명을 구했다는 시뮬레이션 예측 결과를 발표했다. 같은 기간 바이러스 감염 사망자보다 20배 많은 수치다. 사람 출입을 금지한 인도의 해변에서는 바다거북 80만 마리가 산란을 하러 몰려들어 생명체의 아름다운 윤무가 이루어졌다. 미국 북동부는 도시 봉쇄로 대기 오염도가 30퍼센트 감소했고, 배가 사라진 베네치아의 바다는 에메랄드빛이 더 짙어졌다. 전 세계 온실가스 배출량의 2퍼센트를 차지하는 항공편의 감소로 이산화탄소 배출량이 반으로 줄었을 뿐 아니라 항공기와 충돌해 수없이 죽어 가는 새들의 생명 공간이 확장되었다.

니체가 '토리노의 말'을 껴안고 울었던 것은 상처투성이 말이 자신처럼 느껴졌기 때문이다. 인류는 더 늦기 전에 '토리노의 말'을 간절한 마음으로 응시해야 한다. (2020년)

이세돌의 감각

바둑은 기록된 역사만으로도 2,500년이 넘는다. 바둑을 사랑하는 어떤 시인은 인류 역사에서 오랜 세월 동안 변함없이 하나의 문화로 자리 잡는 것이 얼마나 어려운 일인지를 '스타크래프트'와 비교하여 설명한다. 1998년 한국에 출시되어 게임 산업을 주도했던 스타크래프트의 불꽃은 18년 만에 소진되었다. 그가 바둑을 스타크래프트와 비교한 것은 둘 다 전략적 시뮬레이션 게임의 속성을 지니고 있기 때문이다. 게임의 한 종류인 바둑이 불멸에 가까운 생명력을 지닐 수 있었던 것은 다른 게임들이 지니지 못한 '무엇'이 있었기 때문이다. 그것은 '무한'이다.

바둑에서 경우의 수는 10의 170승으로 알려져 있다. 바둑에서 구사할 수 있는 조합과 배열이 우주의 원자 수보다 많은 것이다. 바둑 기사가 돌 한 점을 놓는다는 것은 무한에 가까운 경우의 수 가운데 하나를 선택하는 행위가 된다. 바둑은 유한한 존재인 인간을 무한 앞으로 끌어들이는 신묘한 놀이인 것이다. 이 놀이 속에 예술의 얼굴이 깃들어 있는 것은 무한 때문이다. 톨스토이가 "서양의 체스가 수학에 기반을 둔 유희라면, 동양의 바둑은 철학을 바탕에 둔 투쟁"이라고 말할 수 있었던 것은 바둑에 깃든 무한을 직관했기 때문일 것이다.

2016년 3월 9일부터 15일까지 진행된 이세돌 9단과 알파고의 5번기 결과 알파고가 4승 1패로 이겼다. 이세돌은 대국 전 "인공지능이 지속적으로 발전하고 있다고 들었지만 인간의 직관과 감각을 따라오기 어렵다고 보기에 이길 자신이 있다."고 자신감을 보였으나 세 판 연달아 졌다. "사람이 생각하기 힘든 승부수를 두는 데 놀랐다."고 말한 그는 4국에서 마침내 이겼으나 5국에서는 다시 졌다.

인간과 기계가 무대에 함께 오른 이 기이한 상황극을 인류사의 전환기적 사건으로 보는 시각도 있다. 인간과 문명의 대결 차원으로 보았기 때문이다. 구글은 알파고의 실험 대상으로 바둑을 선택한 이유에 대해 "바둑이 지닌 무한에 가까운 경우의 수를 인공지능에 매력적인 도전 과제로 판단했기 때문"이라고 했다. 대국이 끝난 후에는 "이세돌에게서 알파고의

업데이트에 필요한 소중한 자료를 얻었다."고 밝혔다. 대회 기간 동안 구글의 시가 총액이 58조 원가량 늘었다는 보도도 있었다. 그렇다면 이세돌은 무엇을 얻었을까?

지난달 19일 이세돌은 한국기원에 사직서를 제출했다. 24년 4개월간의 프로 기사 생활을 청산한 것이다. 27일 교통방송(TBS) '뉴스공장'과 은퇴 후 첫 인터뷰를 한 이세돌은 "세상에서 내가 바둑을 제일 잘 두는 존재라는 자존감이 알파고와 대국 후 무너졌다. 아무리 잘 두어도 인공 프로그램은 못 이길 것 같다는 느낌을 이해하기 어려웠다. 지금은 프로 기사들이 바둑을 인공지능한테 배운다. 프로그램이 어떻게 두는지를 보고 따라 두는 게 맞나? 하는 의문이 든다. 나보다 더 엄청난 고수에게 배운다면 그분의 기풍과 인간적 면모도 배울 테니 당연히 기쁠 것이다."라고 한 뒤 "알파고는 전 세계에 있는 바둑 데이터를 다 모아 그것을 바탕으로 로직을 개발해 인간이 갈 수 없는 곳으로 가버렸다."고 쓸쓸한 목소리로 말했다.

인공지능과의 대결은 '면벽(面壁) 승부' 혹은 '고수 유령들과의 싸움'으로 표현되기도 했는데, 이세돌과 대국 당시 알파고는 베타 버전으로 완성이 안 된 상태였으나 그 후 알파고 마스터 버전을 거쳐 알파고 제로가 개발되어 인간이 절대로 이길 수 없는 완성품으로 만들어졌다.

"승부사로서의 쾌감과 자존감이 사라져버렸습니다. 바둑이 저에게 주는 기쁨이 사라진 것이죠. 저는 바둑을 예술로 배웠습니다. 둘이서 마주앉아 하나의 작품을 만들어 나간 것입니다. 지금은 과연 이게 남아 있는지……."

이 말 속에 이세돌이 은퇴를 결심한 가장 큰 이유가 녹아 들어가 있다. 인간은 완성을 향해 나아가는 길 속의 존재다. 길 속의 존재에게 완성이란 결코 닿을 수 없는, 꿈속에서 어른거리는 미지의 생명체다. 그 생명체가 실제로 눈앞에 나타난 것이다. 바둑이 예술의 영역으로 들어갈 수 있었던 것은 바둑 안에 무한이라는 신비한 물결이 일렁이고 있었기 때문이다. 무한은 형태화할 수 없는 '어떤 것'이다. 그런 무한을 내장한 알파고는, 기억이 없고 시간이 없는 세계 속에 살고 있는 그 완전한 생명체는 역설적으로 바둑의 내부에서 일렁이는 무한의 물결을 사라지게 하는 역할을 한 것이다. (2019년)

제2부

슬픔의 힘을 믿는다

학림의
그림자 속으로

사진이 만들어지는 원리는 눈으로 사물을 보는 것과 같다. 대상에서 반사된 빛을 눈이 감지하듯 카메라에서도 반사된 빛을 카메라 센서가 감지한다. 그러니까 카메라 센서가 렌즈를 통해 들어온 빛을 읽고 저장한 것이 사진이다. 그래서 사진을 빛의 예술, 혹은 빛이 그린 그림이라고 한다. 나는 사진을 그림자의 예술로 보기도 한다. 빛이 존재한다는 것은 그림자가 존재한다는 것을 뜻하기 때문이다. 피사체의 성격에 따라 빛이 더 중시되어야 하는 사진이 있는가 하면, 그림자가 더 중시되어야 하는 사진도 있는 것이다.

'학림다방'이 피사체가 될 때 그림자가 더 중시되어야 한다는 게 나의 생각이다. 학림에 고여 있는 시간은, 그 시간의 지층은 빛보다는 그림자 속에서 오히려 더 잘 보일 것이라고 생각하기 때문이다. 시간에 잠긴 피사체의 깊이는 그림자의 깊이와 밀접하게 연결된다. 이런 관점에서 보면 학림 안의 사물과 사람은 물론 학림의 창에서 내다본 바깥 풍경도 그림자의 깊이가 요구된다. 대학로의 극장 내부 풍경도 마찬가지다. 극장은 이야기를 만드는 공간이다. 이야기 속에는 시간이 축적되어 있다. 극장이 시간에 잠긴 공간으로 다가오는 이유는 여기에 있다. 《학림다방 30년》의 모든 사진이 흑백인 것은 이런 나의 생각과 무관하지 않을 거라는 느낌이 든다.

　나를 학림의 그림자 속으로 이끈 이는 이덕희였다. 1956년 서울대 법대에 입학한 이덕희는 이듬해 문을 연 학림을 드나들기 시작했다. 관념에 홀려 위대한 망상을 꿈꾸었던 그녀에게 나무 계단 위에 다락처럼 떠 있는 학림은 아늑한 둥지와도 같은 공간이었다. 겨울 새벽 수유리 화계사로 산책 나갔다가 불현듯 모차르트가 듣고 싶어 미친 듯이 학림으로 달려와 LP판을 올려놓았던 곳이기도 했고, 자살로 생을 마감함으로써 영원한 아웃사이더가 되어버린 전혜린을 죽음 하루 전날 만난 곳이기도 했다.

　이덕희가 쓴 《전혜린 평전》 첫 문장은 "전혜린은 서른한 살에 죽었다."이다. 1965년 1월 10일이었다. 하루 전인 1월 9일 오후 3시 이덕희가 학림으로 들어섰을 때 "오른편 맨 구석, 창가 자리에 웅크리고 앉은" 누군가가 손짓을 했다. 전혜린이었다. "밤색 밍크코트에 몸을 감싸고 반은 축축한 긴 머리카락에 얼굴이 거의 가려진 채 두 눈만 불꽃처럼 번쩍거렸던" 전혜린은 "덕휠 만나려고 세 시간이나 기다렸어!" 하고 높은 목소리로 말하며 이덕희의 팔을 잡았다. 그날 그들이 헤어진 것은 저녁 10시경이었다. 다음날 여느 날처럼 학림을 찾은 이덕희는 다방 전화기를 통해 전혜린의 죽음을 들었다.

그런 학림이 사라진 것은 1983년이었다. 주인이 학림을 팔고 미국으로 이민을 간 것이다. 새 주인은 대학로라는 새로운 소비 문화 거리의 고객 취향과 맞지 않는 학림의 60년대 분위기를 벗겨냈다. 1985년 가을 오랜만에 학림을 찾은 이덕희는 경악했다. 젊은 시절의 아늑한 둥지였던 그곳이 상업적인 냄새가 물씬 풍기는 레스토랑으로 변해 있었기 때문이다. 그는 자신의 일루전(illusion)이 훼손된 듯한 고통을 느꼈다.

"우리가 사랑하는 대상은 실상 우리가 만들어낸 일루전에 불과하다는 것, 우리는 일생 동안 자신을 이해해줄 사람, 서로의 영혼을 비춰줄 대상을 찾아 헤매지만, 언제나 우리가 돌아오는 지점은 허허한 벌판 위에 고독하게 서 있는 무서운 실존밖에 없다는 것……."

이런 절망을 견디는 방법의 하나가 음악이라는 일루전이었다. 음악이 이덕희의 일루전이 된 데에는 학림의 역할이 컸다. "존재의 중심이 음악으로 꽉 채워지는 느낌"을 학림에서 자주 받았기 때문이다. 그 소중한 공간이 황폐하게 변해버린 것이었다.

학림이 옛 모습으로 복원된 것은 1987년 이충렬 대표가 학림을 인수하면서였다. 그 사실을 몰랐던 이덕희는 학림 근처에도 가지 않다가 1992년 늦여름 나에게 이끌려 학림으로 들어갔다. 학림이 옛 모습을 되찾았다는 사실을 확인한 이덕희는 한동안 멍하니 서 있다가 어린 아이처럼 환한 표정으로 주위를 찬찬히 둘러보고는 창가 테이블에 앉았다.

"여기가 내 자리였어. 해 질 무렵 여기에 앉아 있으면 창호지 문살을 뚫고 연한 노을이 쏟아져 들어왔지. 그 노을들은······."

기쁨과 슬픔이 뒤섞인 표정으로 '학림 시절'을 회상하는 그녀에게 낯선 남자가 다가와 "이덕희 선생님 아니십니까?"라고 조심스럽게 물었다. 이충렬 대표였다. 1960년대 학림을 드나들었던 '옛 손님'들에게 학림의 터주와도 같았던 이덕희의 전설적 이야기를 여러 차례 들었던 이충렬 대표는 이덕희가 언젠가 학림을 찾을 것이라는 믿음에서 사진에서 본 그녀 모습과 비슷한 손님을 보면 유심히 살폈다고 했다. 그날 이후로 이덕희는 학림 커피 마니아가 되었다.

2016년 8월 11일 나는 시내로 외출했다가 집으로 들어가던 도중 혜화역에 내려 학림을 찾았다. 사흘 전인 8월 8일 이덕희와 한 전화 통화에서 "너무 힘들어 전화 받을 상태가 아니다, 이번은 회복이 힘들 것 같다, 전화 줘서 고맙다, 며칠 후 다시 전화해 달라."고 그는 힘겹게 말했다. 평소와는 전혀 다른 목소리인 데다 '다시 전화해 달라'는 마지막 말이 마음에 걸렸는데, 이덕희에게 정기적으로 커피를 보내는 이충렬 대표가 상황을 알지도 모른다는 생각이 불현듯 들어 학림으로 간 것이다. 이충렬 대표는 7월에 커피를 보낸 후 연락이 없었다고 했다. 이상한 예감에 바로 전화했다. 전화를 받은 이는 이덕희가 아니었다. 그의 여동생이었다. "언니가 오늘 돌아가셨다, 영정 사진을 가지러 여길 들렀다가 전화를 받았다."고 했다. 저녁 10시경이었다. 외부에는 장례식을 다 치르고 알리려 했다는 가족의 말을 장례식장에서 들었다.

《학림다방 30년》에 이덕희의 사진이 실려 있다. 창가 테이블에 앉아 밤의 불빛이 비치는 창을 등진 자세로 왼쪽 손을 턱에 살짝 괴고 학림 내부에 있는 무언가를 혹은 누군가를 보고 있다. 멍해 보이는 표정에 슬픔이 느껴진다.

이덕희는 전혜린의 죽음을 늘 가슴속에 지니고 있었다. 그

죽음의 무게, 그 죽음이 불러일으키는 슬픔과 고통을 나는 가늠할 수 없다. 《전혜린 평전》에서 "나는 그녀를 대신할 어떤 대상도 다시는 발견하지 못했다. 우리가 함께 누린 시간, 우리가 함께 나눈 대화, 우리가 공유한 세계는 진실로 일회적인 것이고 유일한 것이었음을 세월이 갈수록 더욱 절감하게 된다."고 썼다. 이덕희에게 학림은 '젊음의 성소'였고, 전혜린의 추억과 연결된 상실과 슬픔의 공간이었다. 이런 점에서 이충렬 대표가 카메라로 포착한 이덕희의 모습은 절묘하다.

롤랑 바르트는 《카메라 루시다》에서 "나에게 '시간'의 소리는 조금도 슬프지 않다. 나는 종, 괘종시계, 손목시계를 좋아한다."고 썼다. 그러면서 "카메라는 무언가를 보게 하는 괘종시계였으며, 나의 내부에 있는 어떤 구식 사람은 아직도 카메라에서 목관악기의 생생한 소리를 듣는다."고 했다.

1987년 학림의 잃어버린 공간을 복원한 이충렬 대표는 시간까지 복원하는 작업을 30년 전부터 하고 있었다. 그 결실이 《학림다방 30년》이다. 학림을 복원한 이가 이충렬 대표 내부에 있는 "어떤 구식 사람"이었듯이 《학림다방 30년》을 만든 이도 그의 내부에 있는 어떤 구식 사람이었을 것이라고 나는 생각한다. 그 구식 사람은 어쩌면 지난 30년 동안 자신의 카메라에서 목관악기의 소리를 들었을지도 모른다.

작가의
은밀한 욕망

1984년 오스트리아의 소설가 크리스토프 란스마이어에게 '엘리아스 카네티 문학상'을 안겨준 《빙하와 어둠의 공포》는 북극 탐험대를 소재로 한 소설이다. 내가 이 소설에 관심을 갖게 된 것은, 라인홀트 메스너의 고비 사막 횡단 체험기인 《내 안의 사막, 고비를 건너다》를 읽으면서였다. 메스너는 이 책에서 "북극 지방에 대한 수많은 책들을 샅샅이 뒤졌지만 《빙하와 어둠의 공포》만큼 나를 전율케 한 책은 없었다."고 썼다.

메스너는 히말라야 14좌를 최초로 완등한 전설적 산악인이다. 그린란드, 티베트, 남극도 횡단했다. 그동안 죽을 고비를 여러 번 넘겼다. 그런 메스너를 전율시킨 소설이 궁금하지 않을 수 없었다.

《빙하와 어둠의 공포》는 란스마이어가 오스트리아-헝가리 북극 탐험대 생존자들이 1872년부터 1874년까지 2년에 걸친 체험을 기록하고 스케치한 것에 영감을 받아 쓴 소설이다. 소설의 화자(話者)는 '나'이다. 그러니까 1인칭 소설이다. 《빙하와 어둠의 공포》는 '나'를 주인공으로 삼지 않고, '나'가 주인공을 관찰하는 이른바 1인칭 관찰자 시점을 택했다. 그런데 '나'가 관찰하는 이는 죽은 사람이다. 정확하게 말하면 죽은 사람이 남긴 기록이다. 죽은 사람의 이름은 요제프 마치니다.

1948년 이탈리아 북동부 도시 트리에스테에서 태어난 마치니는 어린 시절부터 어머니로부터 옛날 이야기를 들으면서 자랐다. 마치니에게 가장 매혹적인 이야기는 오스트리아-헝가리 북극 탐험대원이었던 어머니의 증조부 안토니오 스카르파에 관한 이야기였다. 마치니의 북극에 대한 환상은 여기에서 피어났다.

청년으로 성장한 마치니는 이야기꾼이 되었다. 화자인 '나'가 이야기꾼 마치니를 만난 곳은 종족의 역사와 여행 관련 서적을 전문으로 파는 책방이었다. 마치니는 '나'에게 자신을 "과거를 새롭게 그려내는 존재"라고 소개하면서 "내가 상상하는 것들은 언젠가는 일어날 수밖에 없다."고 말한다. '나'의 눈에 비친 마치니는 자신의 머리에서 나온 이야기를 현실에서

다시 발견할 수 있다고 믿고 있으며, 그 믿음이 깊어질수록 이
야기의 배경을 사람들이 살지 않는 황량한 자연과 북극의 오
지로 옮겨 가는 몽상적 존재였다.

당시 마치니가 열광적으로 몰두한 과거 이야기는 오스트리
아-헝가리 북극 탐험대 생존자들의 탐험 기록이었다. 생존자
들의 탐험 기록은 마치니에게는 꿈의 기록이었다. 문제는 꿈
속의 사물과 배경이 꿈에서 깨어나면 흐릿해지는 것이 아니
라, 점점 더 분명해지고 손에 만져지는 데에 있었다. 마치니는
탐험 기록에 빠져들면 들수록 과거의 이야기인 그 기록을 현
실로 바꾸고 싶은 욕망에 시달린다. 그러던 어느 날 마치니는
오스트리아-헝가리 북극 탐험대의 루트를 따라 항해하는 연
구용 배에 오르지만 계획이 실패하자 홀로 북극의 심연 속으
로 사라져버린다. 자신의 이야기 속으로 들어가버린 것이다.

《빙하와 어둠의 공포》는 화자인 '나'가 사라져버린 마치니
가 남긴 기록을 독자에게 들려주는 이야기로 이루어져 있다.
그런데 마치니가 남긴 기록은 오스트리아-헝가리 북극 탐험
대 생존자들의 탐험기가 대부분을 차지한다. 따라서 《빙하와
어둠의 공포》는 오스트리아-헝가리 북극 탐험대 생존자들의
이야기라 할 수 있다. 생존자들이 기록한 이야기를 그대로 쓰
면 르포가 된다. 작가는 허구의 인물인 마치니를 창조하여 《빙

하와 어둠의 공포》를 르포에서 소설로 변화시켰다. 이 소설의 형식이 미학적인 까닭은 마치니를 관찰하는 '나'가 존재하기 때문이다.

"그의 존재는 매일, 점점 더 눈에 띄지 않고 흔적이 없어져 가는 듯이 보였다. …… 정리된 삶의 따뜻한 편안함에서 정적, 추위, 얼음으로 내모는 그 유혹적인 힘에 대한 증거만이 있을 뿐이었다."

그동안 1인칭 소설을 많이 읽었지만《빙하와 어둠의 공포》에 등장하는 '나'처럼 희귀한 존재는 처음 보았다. 아무리 1인칭 관찰자 시점이라 할지라도 '나'의 존재감은 독자에게 명료하게 느껴진다. 그런데 이 소설에서 '나'는 존재감이 너무 희박해 유령처럼 느껴진다. 그에 비하면 몽상적 존재인 마치니의 존재감은 훨씬 명료하다. 마치니보다 더 명료한 존재가 1백여 년 전에 사라져버린 오스트리아-헝가리 북극 탐험대원들이다. 이 소설의 미학적 바탕은 여기에 있다.

독자인 나의 시선으로 보면 소설의 화자인 '나'는 작가 란스마이어의 분신으로, 마치니는 란스마이어가 희구하는 '내 속의 나'로 비친다. 소설은 작가가 꾸며낸 이야기다. 소설가는 자신이 꾸며낸 이야기가 독자에게 '진짜'처럼 느껴지는 것을 꿈꾼다. '나'가 이야기를 꾸며내는 소설가라면, 마치니는 꾸며낸 이야기를 현실로 바꾸어버리는 존재다. 《빙하와 어둠의 공포》는 실제로 일어난 사건을 바탕으로 하면서도 소설가의 은밀한 욕망을 그려낸 미묘한 소설이다. 처음 읽으면 건조한 기록물처럼 느껴지나, 두 번째 읽으면 작가의 은밀한 욕망을 치밀하게 녹여낸 '깊은 소설'임을 깨닫게 된다.

슬픔의 강변에
서서

  내가 아는 소설가 L은 이른 아침 집에서 30여 분 거리의 허름한 작업실을 매일 출근하듯이 다녔는데, 작업실에 들어가면 가장 먼저 하는 일이 폴란드 작곡가 헨리크 구레츠키(1933~2010)의 교향곡 3번 〈슬픔의 노래〉 듣기였다. 그에게 〈슬픔의 노래〉를 듣는 행위는 소설 쓰기라는 지난한 작업을 하기 전에 마음을 씻는 의식이었다.

  〈슬픔의 노래〉에는 소프라노가 부르는 세 곡의 노래가 있다. 1악장의 노래는 15세기경부터 폴란드 수도원에서 전해져 오는 '성십자가 탄식'이라는 기도문으로, 십자가에 못 박힌 예수를 바라보는 어머니 마리아의 슬픔이 담겨 있다. 2악장의 노래는 2차 대전 중 나치 수용소에 갇힌 18세 소녀가 "엄마 울지 마세요. 고결하신 성처녀 마리아여, 저를 도와주소서."

라고 벽에 새긴 애절한 기도문이다. 3악장의 노래는 전쟁에서 아들을 잃은 어머니가 애통해하는 폴란드 민요인데, 가사가 무척 아름답다.

〈슬픔의 노래〉는 서사의 형태가 뚜렷한 교향곡이다. 구레츠키는 서사의 화자로 아들을 잃은 어머니와 나치 수용소에 갇힌 18세 소녀를 선택했다. 그가 화자의 목소리에 담으려 한 것은 참혹한 불행을 당한 이들의 '슬픔'이다. 〈슬픔의 노래〉가 듣는 이의 가슴속으로 깊이 스며드는 것은 슬픔의 본질 속으로 파고드는 선율 때문이다. 그러므로 〈슬픔의 노래〉를 제대로 감상하려면 '슬픔'이라는 감정의 본질을 제대로 알아야 한다.

나는 인간이 가진 소중한 능력 가운데 하나가 슬퍼하는 능력이라고 생각한다. 슬픔 속에는 원한을 정화하는 힘이 있기 때문이다. 그렇다고 슬픔이 폭력에 대한 분노를 지운다고 생각하면 안 된다. 분노와 원한은 다르다. 폭력에는 분노해야 한다. 폭력에 분노하지 않는다는 것은 폭력을 인정하는 행위이다. 분노를 껴안으면서, 분노를 넘어서는 감정이 슬픔이다. 분노가 또 다른 폭력으로 치닫지 않게 하는 고귀한 감정이 슬픔인 것이다. 〈슬픔의 노래〉의 진정한 가치는 이 고귀한 감정을 표현하는 데에 있다. "마음이 정화되는 기쁨을 느꼈다." "영혼

이 깨어지듯 절망적이면서도 정결하다." "저 밑에서부터 거룩
하게 울려 오는 소프라노의 읊조림……." "고요를 통해 영혼
을 위로한다." 같은 느낌들은 여기에서 연유한다. 소설가 L이
이른 아침 작업실에서 〈슬픔의 노래〉를 듣는 것은 '슬픔'이 품
고 있는 정화의 능력을 알고 있었기 때문일 것이다.

나는 구레츠키를 두 번 만났다. 첫 번째 만남은 1994년 5월
에 이루어졌다. 당시 내가 몸담고 있던 음악 잡지에서 공산권
의 유명 음악원 취재를 기획했다. 동유럽이 개방되기까지 국
내 음악도에게 문이 닫혀 있었던 공산권의 전통 있는 음악원
을 소개해보자는 것이 기획 의도였다. 첫 취재 대상으로 폴란
드의 쇼팽 음악원이 결정되었다. 출장을 앞두고 마음이 무거
웠던 것은 쇼팽 음악원 취재 외에 할 일이 또 하나 있었기 때
문이었다. 폴란드 작곡가 구레츠키 인터뷰였다.

그의 교향곡 3번 〈슬픔의 노래〉는 1991년 미국의 엘렉트라
논서치의 레이블로 발매된 이래 세계적으로 베스트셀러가 되
면서 총판매량이 백만 장에 이르렀다. 5천 장만 팔려도 괜찮
다고 여겨지는 클래식 시장에서 판매량만으로도 세계 음악계
를 놀라게 하는 데 충분했다. 매스컴으로부터 인터뷰 요청이
쇄도한 것은 당연했다. 그런데도 인터뷰 기사가 빈약한 것은

그가 매스컴에 자신을 노출하는 것을 싫어하기 때문이었다.

다행히도 쇼팽 음악원에서 작곡을 공부하면서 구레츠키와 사적 교분을 나눈 한국인 유학생으로부터 5월 말쯤이면 인터뷰가 가능하겠다는 연락을 받았다. 날짜에 맞춰 바르샤바행 비행기를 탔다. 하지만 바르샤바에 도착해보니 상황이 달라져 있었다. 유학생의 말에 따르면, 갑작스럽게 구레츠키의 영국 방문이 결정되어 그 준비로 바빠 영국에서 돌아온 이후에나 만날 수 있다는 것이었다. 그때까지 기다릴 수 없거니와, 설사 기다린다 해도 인터뷰에 응한다는 보장이 없었다. 고민 끝에 다음날 아침 집으로 전화해 그가 있다는 것만 확인하면 쳐들어가기로 했다. 당시 그는 바르샤바에서 기차로 세 시간 거리에 있는 폴란드 남부 도시 카토비체에 살고 있었다.

구레츠키는 먼 한국에서 자신을 찾아온 정성을 냉정하게 뿌리치지 못했다. 하지만 그는 조건을 제시했다. 한 시간 안에 인터뷰를 마친다는 것과 자신의 집에서는 할 수 없다는 것이었다. 집은 주인의 체취를 느낄 수 있는 공간이다. 그의 작업실까지 엿볼 수 있다면 금상첨화다. 하지만 구레츠키는 그것을 피했다. 우리가 집으로 가겠다고 두 번이나 말했지만 안 된다고 했다. 자신을 숨기고 싶어 하는 그의 마음이 훤히 보였다.

구레츠키를 인터뷰한 후 찾아간 곳은 카토비체에서 차로 30여 분 거리에 있는 아우슈비츠였다. 인간이 만든 '지옥'이자 '성소'인 아우슈비츠에서 나의 불완전한 눈이 본 것을 표현하기가 힘들었다. 이듬해 구레츠키와 아우슈비츠의 만남을 바탕으로 삼아 《슬픔의 노래》라는 제목의 소설을 쓴 것은 표현하기 힘든 것을 표현해야만 했기 때문이다.

소설에서 구레츠키가 "인간의 역사에는 언제나 슬픔의 강이 흐른다. 그 강의 심연에 아우슈비츠가 있다."고 말하자 화자는 "슬픔의 강변에서 예술가는 무엇을 할 수 있는가?"라고 질문하는데, 구레츠키는 다음과 같이 답변한다.

"예술가란 살아남은 자의 형벌을 가장 민감히 느끼는 사람이다. 살아 있다는 것은 축복이자 형벌이다. 빛은 어둠이 있어야 존재한다. 축복과 형벌은 빛과 어둠의 관계다. 예술가는 축복보다 형벌에 민감한 사람이다. 그 형벌을 견뎌야 한다. 견디지 못하는 자는 단언하건대 예술가가 아니다."

실제 인터뷰에 이 질문은 없었다. 소설에서 화자로 하여금 그렇게 묻게 한 것은 아우슈비츠를 나오면서 내가 나 자신에게 던진 질문이었기 때문이다.

"한때 나는 아방가르드의 진창 속에 빠져 있었다. 우리 모두는 그 혼돈 속에서 살아왔고, 혼돈의 공포에 눈이 멀어 있었

다. 다행히 나는 그곳에서 빠져나왔다. 이런 점에서 나는 행복
한 예술가라고 생각한다.”

소설에 나오는 위의 문장은 구레츠키가 실제로 한 말이다.
한때 현실과 유리된 음악을 만든 것에 대한 자책으로 들렸다.
그가 〈슬픔의 노래〉를 작곡한 것은 '아방가르드의 진창 속'
에서 빠져나온 지 한참 후인 1976년이었다. 〈슬픔의 노래〉는
1977년 4월 4일 프랑스 루아양 페스티벌(Royan Festival)에서
초연된 후 많은 현대 음악이 그렇듯이 잊혀졌다. 잊힌 그의 노
래가 홀연히 되살아난 것은 1991년 현대 음악 전문 레이블 엘
렉트라 논서치에서 소프라노 돈 업쇼 노래, 데이비드 진먼 지
휘, 런던 신포니에타 연주 앨범이 나오면서였다. 미국 빌보드
차트 클래식 부문 31주 연속 1위, 75주간 차트 등재, 영국 베스
트 음반 차트에서 팝 음악을 포함한 모든 장르에서 전체 6위,
단기간에 음반 판매 백만 장 등 현대 음악 사상 최고 기록을
세운 것이다.

구레츠키와의 두 번째 만남은 2006년 3월에 이루어졌다.
한국방송(KBS) 시사 교양 프로그램인 'KBS 스페셜'의 유동
종 PD가 나의 소설 《슬픔의 노래》와 《완전한 영혼》에 등장하
는 인물들의 내면 풍경을 좇아 광주 민주화운동을 팩션 드라

마 형식으로 재조명하는 프로그램을 기획한 것이었다. 'KBS 스페셜' 취재진과 함께 12년 만에 다시 아우슈비츠를 탐방하고 구레츠키를 만난 것은 아우슈비츠와 구레츠키가 소설《슬픔의 노래》의 주제를 관통하는 공간과 인물이기 때문이었다.

구레츠키는 12년 전에 자신을 인터뷰한 한국의 기자가 그 취재기를 바탕으로 해 쓴 소설을 들고 다시 찾아올 줄은 꿈에도 몰랐다고 했다. 그는 "정말 놀랍다. 대체 나의 무엇이 당신에게 영감을 주어 소설을 쓰게 했는지 궁금하다."고 하면서 "당신의 소설을 읽으려면 한국어를 얼마나 배워야 하는가?" 하고 물었다.

구레츠키와 다시 헤어진 지 4년 후인 2010년 11월 그가 타계했다는 뉴스를 접한 그날 저녁 〈슬픔의 노래〉를 들으며 그의 목소리를 떠올렸다.

"2차 대전이라는 인류의 재앙이 시작된 곳이 폴란드다. 수만 명이 공습으로 죽었고, 집단 살해와 처형이 횡행했다. 이 처참한 역사의 기억에서 자유로울 수 있는 이는 아무도 없다. 나는 어릴 적부터 이곳에 흩어져 있는 나치 수용소를 보며 자랐다. 과거를 상기하는 것들이 지금도 도처에 산재해 있다."

나는 그에게 그것은 과거의 일이라면서 "세계는 하루가 다르게 변하며, 새로운 슬픔들이 인간을 억압하고 있다. 과거의 슬픔보다 현재의 슬픔을 드러내는 것이 더 의미 있는 작업이 아닌가?" 물었다.

"강은 끊임없이 흐른다. 흐르지 않는 것은 강이 아니다. 과거에서 흘러나오는 강은 현재를 넘어 미래로 흘러들어 간다. 보스니아 내전의 비극을 보라. 죽고 죽이는 아비규환을 인종의 문제라 생각하는가? 천만에. 그것은 욕망의 비곗덩어리로 숨쉬고 있는 인간의 문제다. 과거의 슬픔은 곧 현재와 미래의 슬픔이다. 다만 그 슬픔의 형태가 다를 뿐이다."

아우슈비츠는 질문의 공간이다. 권력의 문제, 폭력의 문제, 죄의 문제, 구원의 문제……. 아우슈비츠는 이런 질문을 통해 "인간이란 무엇인가?"라는 근원적인 질문을 우리에게 던진다. 1980년의 광주를 들여다보면 아우슈비츠가 던진 질문이 상기된다. 형태와 규모는 다를지라도 아우슈비츠와 광주는 역사라는 생명체 속에서 실핏줄처럼 연결되어 있는 것이다. 나의 소설《슬픔의 노래》는 구레츠키의 〈슬픔의 노래〉가 없었다면 태어날 수 없었던 작품이라고 해도 과언이 아니다.

카프카에게
물었다

"당신을 생각하면 떠오르는 것이 《변신》이다. 사람이 벌레로 변신하는 말도 안 되는 이야기를 '세기의 소설'로 만든 당신의 천재성에 지금도 감탄을 금하지 못한다. 《변신》의 마지막 장면, 즉 벌레로 변해 집안의 우환거리가 되어버린 그레고르 잠자가 마침내 죽자(그의 아버지가 던진 사과가 등에 박힌 것이 죽음의 원인이다) 잠자의 가족이 오랜만에 교외로 나가 따뜻한 햇빛을 즐기는 모습은 깊은 슬픔을 불러일으킨다. 집단(집단의 가장 기초적 형태가 가족이다)에 유용하지 못한 인간은 하잘것없는 존재(벌레와도 같은)로 전락시키는 문명 세계의 냉혹한 폭력을 아프게 드러내고 있기 때문이다.

하지만 이 자리에서 나는 당신의 소설에 대해 묻지 않을 것이다. 내가 묻고자 하는 것은 당신의 삶이다. 삶에서도 사랑

이야기에 초점을 맞출 것이다. 당신의 가슴속으로 가장 깊이 들어온 여자는 펠리체 바우어라고 생각한다. 그녀를 어떻게 만났는가?"

"1912년 8월 13일 늦은 저녁 막스 브로트의 집에서 그녀를 처음 만났다. 아시다시피 막스 브로트는 나의 문학 작업에 뜨거운 관심과 애정을 지닌 나의 유일한 친구였다. 그 친구가 아니었으면 작가로서 나의 존재가 당신들에게 알려지지 않았을지도 모른다. 아무튼 내가 펠리체에게 관심을 갖게 된 것은 그녀의 발랄한 성격 때문이었다. 타인을 스스럼없이 대하는 태도와, 주저하지 않고 자신의 의견을 말하는 그녀의 모습은 참으로 놀라웠다. 내가 정적인 인간인 데 비해 펠리체는 동적인 인간이었다."

"당신은 프라하에서, 펠리체는 베를린에서 살았다. 두 사람의 관계는 편지로 이루어진 것으로 알고 있는데……."

"그렇다. 아시다시피 나는 타인이 가까이 있으면 혼란과 불안을 느낀다. 내가 친척들을 싫어하는 것은 그들이 나빠서가 아니라, 나와 가까이 있는 존재들이기 때문이다. 만약 펠리체가 프라하에 살았다면 나는 그녀와 관계를 맺지 않았을 것이다. 설혹 관계를 맺었다 하더라도 오래가지는 못했을 것이다.

우리가 서로에게 다가간 것은 편지라는 매개체를 통해서였다. 편지를 쓰는 동안 나는 나를 괴롭히는 폐색증에서 해방되었다. 그러니까 혀로 하는 말은 나를 불안과 혼란에 빠뜨리지만 손으로 쓰는 글은 나를 자유롭게 했다. 그 자유가 나로 하여금 그녀를 사랑하게 했다."

"당신에게 글은 무엇인가?"

"내가 할 수 있는 것들 가운데 본질에 가장 가까운 것이 글쓰기였다. 이유는 모르겠으나 본능적으로 그렇게 느껴졌다. 보면 알겠지만 내 몸은 무척 마른 편이다. 너무 말라 내면의 불을 간직하는 지방이 거의 없다. 그러니 내 몸속의 에너지를 다 긁어모아도 글쓰기가 요구하는 에너지의 반도 못 미친다. 내가 성(性)과 음주, 철학적 명상과 음악의 쾌락에 대한 욕망을 끊은 것은 그런 이유 때문이다. 그 모든 것들에 대해 나는 거의 굶다시피 했다.

"그래서 펠리체와 만나는 것을 두려워했나?"(카프카는 하루에 편지를 두 번 내지 세 번씩 쓸 정도로 펠리체에게 몰두했다. 그런데도 그는 편지 교류가 시작된 지 7개월 만에 펠리체를 처음 만났다. 그 만남도 오랜 망설임 끝에 이루어진 것이었다. 만남의 시간도 무척 짧았다.)

"부정하지는 않겠다. 솔직히 말하면, 나는 펠리체에게 편지 이외의 것은 원하지 않았다. 나와 멀리 떨어진 곳에서 나를 위해 존재하는 한 여인을 느끼는 것만으로 충분히 행복했다."

"그런데 약혼은 왜 했나?"(그들의 첫 번째 약혼은 1914년 6월 1일 베를린에서 이루어졌다.)
"펠리체는 나의 실체도 모른 채 나와 결혼하고 싶어 했다. 그래서 난 편지에서 이런 말까지 했다. 당신이 여자로서 원하는 것은 한 사람의 남자이지 땅 위에 기어 다니는 연약한 벌레는 아닐 것이라고."

"연약한 벌레라고 하니 당신의 소설 《변신》이 떠오른다."
"상상은 독자의 권리다. 작가는 독자의 상상을 방해할 권리가 없다. 아무튼 펠리체는 나의 고백을 귀담아 듣지 않았다."

"펠리체와 결혼하고 싶은 마음이 전혀 없었나?"
"마음 한구석에는 같이 살게 됨으로써 얻게 될지도 모를 것들에 대한 희미한 기대가 있었던 것은 사실이다. 그 기대가 약혼을 끝까지 반대하지 못한 이유가 되는지도 모르겠다."

"약혼 후 당신은 약혼을 깨뜨리기 위해 온갖 노력을 다했다. 그 이유가 무엇인가?"

"약혼식을 하는 동안 나는 내가 범죄자처럼 묶여 있는 듯한 느낌을 내내 떨치지 못했다. 약혼식이 끝난 후 펠리체와 가구점에 갔는데, 지금도 그때의 느낌을 잊지 못한다. 한번 자리에 놓이면 다시는 옮겨질 수 없을 것 같은 육중한 가구들을 보니 숨이 막혔다. 나에게 그것들은 생활에 유용한 도구가 아니라 묘비처럼 보였다. 나는 자유롭고 싶었다.

"당신들의 약혼식은 6주일 후 파혼으로 이어졌다. 파혼 이후 바라던 자유를 얻었는가?"

"파혼이 이루어졌던 장소는 법정과 흡사했다. 나는 재판을 받았고, 그 재판에서 상처와 굴욕을 느꼈다. 결과는 내가 바란 대로 되었으나 상처와 굴욕은 가슴속에서 좀처럼 사라지지 않았다."

"당신의 소설 《소송》은 그 재판의 산물인가?"
"당신이 그렇게 생각했다면 그렇겠지."

"파혼에도 불구하고 당신들의 관계는 끊어지지 않았다. 펠리체는 당신에게 슬픈 헌정사를 써넣은 귀스타브 플로베르의 소설 《살람보》를 보냈다. 그리고 당신은 답장에 이렇게 썼다. 아무것도 변하지 않았다고. 어떠한 어둠도, 어떠한 추위도. 변한 것이라곤 편지가 뜸해진 것뿐이라고. 그러면서 당신은 다시 시작하자고 했다. 파혼을 당한 여인에게."

"펠리체의 헌정사가 옛 향수를 불러일으킨 탓이었다. 내가 갈망한 것은 철저한 고독이었다. 하지만 철저한 고독이 때때로 나를 괴롭히곤 했다. 나의 약함에 절망했지만 어쩔 수가 없었다."

"1917년 7월, 당신과 펠리체는 두 번째 약혼식을 올렸다. 그런데 약혼식 이후 한 달도 채 못 되어 당신들 관계에 심각한 균열이 생기기 시작했다."

"펠리체는 나를 지독한 이기주의자라고 비난했다. 그녀의 말이 맞다. 나는 숙명적으로 타인을 나의 공간 속으로 받아들이지 못하는 이기주의자였다. 그것을 알면서도 두 번씩이나 약혼을 한 것은 숙명에 대한 짧은 저항이었다."

"그 짧은 저항이 펠리체에게는 치명적인 상처가 되리라는 것을 몰랐는가?"

"왜 몰랐겠는가? 그래서 다시 파혼을 생각한 것이다."

"정말 파혼을 원했는가?"
"간절히 원했다. 문제는 내가 그녀에게 그 말을 차마 할 수 없었다는 사실에 있었다. 그때의 절망은 형언할 수 없는 것이었다. 생각을 해보라. 결혼이 두 사람을 불행 속으로 빠뜨리라는 것을 알고 있으면서, 그것을 거부할 수 없는 자의 심정을. 그런 상황 속에서 터져 나온 것이 각혈이었다. 솔직히 고백하자면 각혈 후 나는 안도감을 느꼈다. 파혼의 명분이 생겼기 때문이었다."

"기록에 따르면 의사로부터 폐결핵이라는 공식적인 진단을 받은 후 당신은 구원의 느낌을 받았다고 했다. 첫째는 펠리체와의 약혼으로부터의 구원이며, 두 번째는 지긋지긋한 직장 생활로부터의 구원이라고 했다. 정말 그랬나?"
"내가 부인한다고 해서 당신이 믿겠는가?"

"당신이 의사의 권고로 시골에서 농장을 하는 여동생 오틀라의 집으로 요양하러 간 후 브로트에게 쓴 편지를 보면 그것을 느낄 수 있다. 들어보겠는가?"

"듣겠다."

"오틀라가 정말 나를 그녀의 날개에 실어 이 힘든 세상으로부터 떠나게 해주고 있네. 내가 기거하는 방은 통풍이 잘되고 따뜻하네. 그리고 집 전체가 거의 완벽할 정도로 조용하다네. 내가 먹어야 할 것은 무엇이나 주위에 풍성히 있네. 무엇보다도 자유가 있다네."

"음, 그래. 내가 그렇게 썼지."

"펠리체가 당신을 만나기 위해 서른 시간이나 차를 타고 왔는데도 당신은 그녀의 방문이 당신의 편안함을 방해한다는 느낌에서 헤어 나오지 못했다. 그녀가 돌아간 이후 편지가 두 번이나 왔는데도 당신은 뜯어보지도 않았다."

"내 생활의 균형을 유지하기 위한 유일한 방법이었다."

"당시 당신의 건강은 그렇게 나쁘지 않았다. 의사도 심각한 증상은 아니라고 했다. 그런데도 당신은 펠리체에게 앞으로 더는 건강해질 수가 없을 것이라고 썼다."

"우리에게는 영원한 이별이 필요했다. 나와 그녀를 위해."

"그런데 묘하게도 당신은 편지에 적은 것처럼 병에서 헤어나오지 못한 채 눈을 감았다. 물론 그 사이에는 7년의 시간이 가로놓여 있다. 그동안 당신은 율리 보리첵과 약혼했다가 1년 후 파혼했고, 기혼녀 밀레나 예센스카와 편지 교환을 했으며, 도라 디아만트와 처음이자 마지막으로 짧은 공동생활을 했다. 당신이 숨을 거둔 것은 마흔한 번째 생일을 꼭 한 달 앞둔 1924년 6월 3일이었다. 당신이 남긴 일기에서 내 가슴을 가장 아프게 하는 것은 다음 문장이다. "나는 아직까지 결정적인 것을 쓰지 않았다. 나는 아직도 두 팔을 벌린 채 떠내려가고 있다. 앞으로 내가 해야 할 일은 엄청나다." 하지만 당신은 두 팔을 벌린 채 소리도 없이 저쪽 세계로 넘어가버렸다. 해야 할 일이 엄청나게 많았던 당신이."

"그것은 내가 만든 운명이 아니다. 운명이란 거역할 수 없는 어떤 것이다. 돌이켜보면 그때 난 운명의 강물에 떠내려가고 있었다. 두 팔을 벌린 채."

제3부

폭력의 기억, 슬픔의 공동체

ⓒ 정찬

사드와
전짓불의 공포

소크라테스는 "인간이 평등한 이유는 아무것도 모르기 때문"이라고 생각했다. 무지하기 때문에 질문이 필요하고, 질문이 성찰을 낳아 무지에서 진리로 나아가게 한다는 것이다. 하지만 모든 질문이 그런 것은 아니다. 노벨문학상 수상작가 엘리아스 카네티는 "질문이 권력의 수단이 될 때 상대의 살을 도려내는 칼과 같다."고 했다. '카네티의 칼'은 이청준의 소설《소문의 벽》에서 '전짓불의 공포'로 형상화되어 있다.

6·25가 터지고 경찰대와 공비가 뒤죽박죽으로 마을을 찾아들었던 어느 날 밤 경찰인지 공비인지 알 수 없는 사람들이 어머니와 어린 아들이 잠자고 있는 집으로 들이닥쳐 전짓불을 얼굴에다 내리비추며 누구의 편이냐고 묻는다.

"어머니는 얼른 대답을 할 수가 없었다. 전짓불 뒤에 가려진 사람이 경찰대인지 공비인지를 구별할 수 없었기 때문이었다. 나는 지금까지도 그 절망적인 순간의 기억을, 그리고 사람의 얼굴을 가려버린 전짓불에 대한 공포를 생생하게 간직하고 있다."

양자택일을 요구하는 질문은 그 자체가 칼로 변하는 권력의 언어이다. '이쪽'과 '저쪽' 사이에 있는 모든 가능성을 배제하기 때문이다. 6·25전쟁을 거치면서 한국 사회에서 가장 강력한 권력의 네트워크로 자리 잡은 반공 이데올로기는 억압적인 권력의 언어들을 끊임없이 생산해 왔다. 반공 이데올로기의 바탕은 '공산주의가 악'이라는 '절대적 진리'였고, 북한은 악의 구체적 모습이었다. 여기에 어긋나는 정보와 지식은 차단되거나 왜곡되었다. 언론과 지식인들은 허용된 정보와 지식만을 전달함으로써 진실을 불구화했다.

사회라는 유기체는 사유의 역동 속에서 숨쉰다. 사유가 역동적이지 못하면 사회의 생명력은 시든다. 반공 이데올로기는 사상과 양심의 자유를 제한함으로써 사유의 역동성을 감금해 왔다. 국가의 기본 이념인 민주주의조차 반공 이데올로기 앞에서는 숨을 제대로 쉬지 못했다. 이러한 반공 이데올로기에 변화를 이끌어낸 것은 70~80년대 민주화 운동의 결실인 87년 체제와 1989년 11월의 베를린 장벽 붕괴였다. 베를린 장벽이 무너졌다는 것은 냉전 체제가 무너졌음을 뜻하며, 냉전 체제의 틀인 반공 이데올로기가 무너졌음을 뜻한다. 이 문명사적 전환은 강고한 분단 구조 속에 갇힌 한반도에 새로운 인식의 틀을 요구했다. 그 첫 번째 과제가 북한의 반미와 남한의 반공이라는 증오의 이데올로기로부터의 탈피였다. 하지만 이것이 얼마나 어려운 과제인지, 작금의 한반도 정세가 명료하게 보여주고 있다.

박근혜 정부의 사드 배치 결정은 미국과 일본의 동아시아 군사력 확장에 동참하여 북한·중국·러시아와의 공존을 포기하고 신냉전의 군사적 긴장 속으로 들어가겠다는 의사의 표현이다. 이 선택이 역사적 관점에서 커다란 후퇴로 보이는 이유는 국제 정세의 변화로 많은 부분에서 실효성을 상실한 반공 이데올로기가 선택을 견인했기 때문이다.

"사드 배치 외에 북한의 미사일 공격으로부터 국민을 보호할 수 있는 방법이 없다." "불순 세력들을 철저히 가려내야 한다."는 박근혜 대통령의 말은 양자택일을 요구하는 전형적인 '전짓불 언어'이다. 구조적 모순의 누적으로 인한 자본주의의 위기, 브렉시트 이후 고립주의 경향과 유럽의 불안, 미중 갈등으로 긴장이 높아져 가는 동북아 정세 등 요동치는 국제 질서 속에서 국민의 안전에 가장 큰 책임을 지고 있는 대통령이 발설한 '전짓불 언어'는 절망스럽다 못해 공포까지 불러일으킨다.

미사일 방어 역학에 정통한 테드 포스톨 미국 매사추세츠공대 석좌교수는 "사드로 북한의 노동·스커드 미사일을 잡아내기 어렵다."고 밝혔다. 이매뉴얼 패스트라이시 경희대 국제대학원 교수는 "사드 배치는 워싱턴 D. C.의 타성에 젖은 싱크탱크의 잘못된 결정"이라며 "사드 배치로 무기 경쟁이 가속화될 때 한국은 가장 큰 희생자가 될 것"이라고 우려했다. '전짓불 언어'와는 다른 국내외 전문가들의 언어가 소중한 이유는 그것이 '전짓불 언어'가 비추지 않는 곳을 비추기 때문이다.

메이저 언론과 보수 단체들이 대통령의 '전짓불 언어'를 재생산하는 상황 속에서 우리에게 간절히 필요한 것은 전짓불 뒤에 숨어 보이지 않는 형체를 밝혀내는 '소크라테스의 질문'이다. (2016년)

박정희 유령

검찰은 2016년 11월 20일 구속 기소한 최순실 등의 공소장에 박근혜 대통령을 사실상 주범으로 지목했다. 최순실 게이트가 박근혜 게이트로 변화한 것이다. 두 사람이 저지른 행위들을 들여다보면 신성한 나무를 훼손한 벌로 아무리 먹어도 허기에서 벗어날 수 없는 저주를 받아 끝내는 자신의 몸을 뜯어먹는 그리스 신화 속의 에리시크톤이 떠오른다. 그들이 아귀처럼 삼키는 동안 국정 시스템이 붕괴되면서 일어나서는 안 될 사건들이 끊임없이 일어나 국민을 불안과 고통 속으로 빠뜨렸다.

박근혜 대통령 당선에 가장 큰 역할을 한 것은 '박정희 신화'였다. 대선을 앞둔 2012년 11월 14일 박정희 탄생 기념 행사에서 심학봉 새누리당 의원은 "금오산에는 두 명의 대통령이 나온다는 전설이 있는데, 그 전설이 이뤄지도록 여러분이 지켜줘야 한다."고 말했다. 이듬해 11월 14일 남유진 구미시장은 "박정희 전 대통령은 반신반인으로 하늘이 내렸다라는 말밖에는 할 말이 없다."고 했고, 극우 논객 조갑제는 "유신 시대가 없었더라면 위대한 박정희 대통령은 없다. 박정희는 루스벨트 미국 대통령과 처칠 영국 총리 등과 같은 반열에 들어가는 것이 합리적이며, 20세기를 대표하는 10대 지도자 중의 한 명"이라고 주장했다.

해방 이후 크게 세 종류의 정치 세력이 있었다. 민족주의 보수 우파와 사회주의 세력, 친일 세력이었다. 일제에 저항한 민족주의 보수 우파와 사회주의 세력이 협력하여 친일 세력을 몰아낸 후 두 세력이 경쟁하는 것이 역사의 순리였다. 하지만 냉전 체제는 자연스러운 역사의 흐름을 허용하지 않았다. 이승만 대통령은 반공을 구실로 삼아 친일 세력을 체제의 핵심으로 끌어들였다. 반공 이데올로기의 등에 올라탄 친일 세력은 사회주의 세력은 물론 민족주의 보수 우파까지 사회주의로 몰아 제거하고 민족주의 보수 우파의 가면을 썼다. 그들의 권력은 4·19 혁명으로 무너졌지만 5·16 쿠데타로 다시 일어섰다. 박정희를 비롯한 쿠데타 핵심 인물들이 만주 신경군관학교 출신이었던 것이다. 1942년 3월 만주 신경군관학교 졸업

식장에서 수석 졸업생 오카모토 미노루(岡本實)는 일본 천황과 만주국 황제 푸이에게 충성을 다하겠다고 맹세했다. 그가 박정희였다.

'박정희 신화'의 핵심은 경제 성장이다. 수출입국, 재벌 중심 체제, 토건 경제, 선성장 후분배로 요약되는 박정희 경제 정책이 비약적 성장을 이끌어내어 한국 사회가 절대적 빈곤에서 벗어나는 데 큰 역할을 했다. 하지만 압축 성장 과정에서 재벌의 비대화, 적대적 노사 관계, 관치 금융, 정경 유착, 경제적 불평등의 심화 등 구조적 모순이 누적되고 있었는데, 70년대로 접어들면서 한계에 이르렀다.

박정희 정권이 사적 욕망을 위한 권력 체제로 전락한 것은 1969년 3선 개헌을 감행하면서였다. 1970년 11월의 전태일 분신은 우연히 일어난 사건이 아니었다. 역사의 전환기에서 역사가 가야 할 방향을 밝힌 등불이었다. 박정희는 그 등불을 제대로 보지 못했거나 외면했다. 경제학자의 분석에 따르면 양극화의 가장 중요한 구조적 원인은 재벌의 경제력 집중과 중소기업의 피폐화, 적대적 노사 관계로 인한 대기업의 고용 회피다. 1997년 외환 위기와, 지금까지 이어지는 양극화의 고통은 '박정희 신화'의 폐해를 올바르게 극복하지 못했기에 일어난 불행이었다. 이 불행이 박근혜 대통령 당선으로 심화될 수밖에 없었던 것은 그녀가 아버지의 유령에 사로잡혀 있었기 때문이다.

검찰의 공소장에 대해 청와대는 "객관적인 증거를 무시한 채 상상과 추측을 거듭해서 지은 사상누각일 뿐"이라고 하면서 "앞으로 진행될 특검 수사에서 대통령의 무고함을 밝히겠다."고 말했다. 기가 막히도록 환상적인 언어다. 이 환상적 언어가 황폐하게 느껴지는 것은 거짓으로 가득 차 있기 때문이다. 그동안 박근혜 대통령은 국민에게 거짓말을 참 많이 했다. 가장 가슴 아픈 거짓말은 세월호 유가족과 국민에게 눈물까지 흘려 가면서 한 거짓말이다.

배고픔으로 통증을 느끼지 못한 채 자신의 몸뚱이를 뜯어먹는 에리시크톤의 마지막 모습은 음식을 씹던 이빨이었다. 그 이빨이 광화문 광장 허공에 걸려 있는 광경을 떠올리면 두렵다. (2016년)

십자가의 무게

지난 2017년 1월 14일 탄핵 반대 집회를 연 친박 단체는 십자가를 지고 서울 시내를 행진했다. 서석구 변호사가 탄핵 심판 2차 변론에서 박근혜 대통령을 예수로 비유한 발언을 부각하려는 의도로 보였다.

예수가 예루살렘 법정에서 사형 선고를 받았을 때 적용된 율법은 '성전 모독'이었다. 예수의 성전 모독은 "나는 사람의 손으로 지은 이 성전을 헐어버리고 사람의 손으로 짓지 않은 새 성전을 사흘 안에 세우겠다."(마르코의 복음서 14:58)는 말에서 극적으로 나타난다.

종교가 곧 정치인 신정 체제의 예루살렘에서 성전은 정치 권력의 원천이었다. 유대인들이 하느님을 체험할 수 있는 유일한 장소이자, 합법적으로 희생 제사를 지낼 수 있는 유일한 장소가 성전이었기 때문이다. 팔레스타인은 물론 타국에 사는 수많은 유대인이 해마다 성전세를 내고 재산을 기부하는 이유는 여기에 있었다. 희생 제물 거래와 서원 의식에서 나오는 수입도 엄청났다. 성전은 통치 이데올로기의 토대이자 경제의 토대였다. 이런 성전을 예수가 헐어버리겠다고 했으니 예루살렘 권력자들이 그를 죽이지 않을 수 없었다.

당시 유대 민중은 성전 권력의 부패 구조에 절망하고 있었다. 그들에게 성전의 존재 이유는 희생 제물을 바쳐 신에게 자신의 죄를 용서받기 위함이었다. 하지만 가난한 이들은 희생 제물을 바치기가 무척 힘들었다. 일반 짐승과 제물용 짐승의 가격 차이가 너무 컸기 때문이다. 똑같은 짐승임에도 성전 안의 상인들은 수십 배의 폭리를 취했다. 성전 상권은 최상위 권력 계층인 고위 제사장 계급이 장악하고 있었다.

유대 광야를 흐르는 요르단강의 물로 죄를 씻으라는 세례 요한의 외침에 민중이 열광한 것은 죄를 씻을 수 있는 유일한 공간인 성전의 핵심 역할을 부정했기 때문이다. 그것이 얼마나 위험한 발언인지 요한이 모를 리 없었다. 요한의 죽음 이후 예수는 요한의 외침을 넘어서서 성전을 헐어버리고 새로운 성전을 세우겠다고 했다. 스스로 십자가를 세운 것이다.

유대인에게 식탁이 특별한 의미를 지니는 것은 하느님에게

속해 있는 음식을 나누어 먹는 공간이기 때문이다. 그들이 식탁의 초대 손님을 신중히 고르는 이유는 여기에 있다. 예수가 식탁에 초대한 이들은 상인, 세리, 농부, 어부, 떠돌이 노동자, 대장장이, 석공, 양치기, 병든 자, 파산한 자, 버림받은 자, 누더기를 걸친 자들이었다. 예수는 그들에게 마음이 가난한 사람들이 하느님의 나라를 세운다고 하면서, 마음이 가난한 사람은 학대받는 사람들, 멸시받는 사람들, 어린아이들이라고 다정한 목소리로 말했다. 부자와 제사장 계급이 하느님의 나라로 들어갈 수 없다고 말할 때에는 목소리가 싸늘해졌다. 그들이 하느님의 나라로 들어가는 것보다 낙타가 바늘귀를 빠져나가는 것이 더 쉬울 것이라고 했다. 그러면서 지금의 세상을 거꾸로 세우겠다고 했다. 세상을 거꾸로 세우면 가장 높은 자가 가장 낮은 자가 되고, 가장 낮은 자가 가장 높은 자가 된다고 했다. 꿈꾼다고 하지 않았다. 자신이 세우겠다고 했다. 그 세움의 구체적 형상이 십자가였다.

예수가 짊어진 십자가의 무게는 그가 타인에게서 느낀 고통의 무게였다. 예수는 타인의 고통에 한없이 예민했다. 그에게 고통은 '나'와 '너'라는 분리된 두 존재를 연결하는 신비한 생명체였다. 예수의 거룩함은 여기에 있다. 고통과 슬픔에 빠진 이에게 자신의 슬픔과 고통을 함께 나누는 존재가 곁에 있음을 느낄 때 그보다 더한 위로가 어디 있을까. 타인의 불행을 응시하고, 아파하고, 달려와 불행을 함께 나누는 사람들이 아름다운 것은 고통을 신비한 생명체로 변화시키기 때문이다.

백남기 농부가 시위 도중 경찰의 물대포를 맞고 317일간 사경을 헤매다 숨지기까지 사과 한 번 하지 않은 대통령, 세월호가 차가운 바닷물 속으로 사라지는 동안 대통령으로서 어떤 일을 했는지 국민에게 제대로 알려주지 못하고, 자식 잃고 피눈물 흘리는 유가족을 외면하고는 탄핵 가결 후 "피눈물이 난다는 게 어떤 말인지 이제 알겠다."고 말하는 대통령을 예수로 비유하면서 백주 대로로 나서는 그들을 보면 십자가의 고통 속에서 "저 사람들을 용서하소서. 그들은 자기가 하는 일을 모르고 있습니다"(루가의 복음서 23:34)라고 기도한 예수의 모습이 아프게 떠오른다. (2017년)

증오의 감옥에 갇힌
'태극기'

_____

　　지난 1월 21일 '대통령 탄핵 기각을 위한 국민 총궐기 대회'에서 한 스님이 태극기와 성조기 그림에 '빨갱이는 죽여도 돼'라고 쓴 방패 모양의 피켓을 들고 연단에 올라왔다. 그는 "부처를 만나면 부처를 죽이고, 조사를 만나면 조사를 죽여라. 이 말은 진짜로 부처를 죽이라는 말이 아니다. 마치 부처처럼 정의를 부르짖는 짓거리를 하는 빨갱이를 죽이라는 얘기"라고 하면서 "북한에 핵 만들라고 퍼준 김대중 똘마니들, 북방한계선(NLL) 팔아먹은 노무현 똘마니 새끼들 중심으로 대통령을 탄핵시킨 국회를 때려 부숴야 한다. 이제 빨갱이들은 걸리는 대로 다 죽여버려야 한다."고 목소리를 높였다.

　　그의 발언에 사회자는 "시원시원하죠?"라고 말했고, 집회 참가자들은 태극기를 흔들며 환호했다. 이 스님은 2월 9일 국회 헌정기념관 대강당에서 열린 새누리당 윤상현 의원 주최 '태극기 민심의 본질은 무엇인가' 토론회에도 같은 피켓을 들고 참석했다.

"부처를 만나면 부처를 죽이고, 조사를 만나면 조사를 죽여라."는 동양 선불교사에 큰 영향을 끼친 임제 선사의 법어다. 자신이 만든 감옥에서 벗어나지 못하는 중생에게 자유의 깨달음에 대한 법어를 비틀어 괴물의 언어로 만들어버린 참혹한 행위와, 그 행위에 환호하는 '노인 군중'의 모습을 어떤 마음으로 보아야 할까.

'빨갱이'는 공산주의자를 가리키는 비속어로 반공 이데올로기의 중심 언어이다. 반공 이데올로기의 근거는 공산주의의 악마성이었고, 북한은 악마성의 구체적 모습이었다. 반공 이데올로기의 자양이 증오인 것은 북한의 악마성에서 연유한다.

교육의 가장 중요한 목적은 인간에 대한 사랑이다. 이 목적을 위해 교육은 보편성과 긍정성을 지향한다. 하지만 반공 이데올로기 체제에서 이루어진 대한민국 교육은 오랫동안 특수성과 부정성을 지향했다. 공산주의자에 대한 증오를 주입해야 했기 때문이다. 공산주의의 악마성에 어긋나는 정보와 지식은 차단하고 왜곡하는 한편, 선택된 정보와 선택된 지식만을 전달함으로써 진실을 불구화했다.

불구화된 진실은 세계를 온전히 드러내지 못한다. 그것은 세계를 비틀며 굴절시킨다. 그 결과 반공 이데올로기의 틀에 갇힌 대한민국 교육은 인간을 괴물로 바꾸어버리는 기이한 마술이 되어버렸는데, 1950년대와 1960년대에 초등교육을 받은 이들이 북한 사람을 몸이 빨갛고 머리에 뿔이 난 괴물로 생각했던 어린 시절의 기억을 지니고 있는 까닭은 여기에 있다.

사회라는 유기체는 사유의 역동 속에서 숨쉰다. 사유가 역동적이지 못하면 사회의 생명력은 시든다. 반공 이데올로기는 사상과 양심의 자유를 엄격히 제한함으로써 사유의 역동성을 감금해 왔다. 사상의 자유는 민주주의의 요체이다. 1919년 미국 공산주의자들의 파업 촉구 전단 살포 사건 재판에서 "사상의 자유는 우리가 동의하는 사상의 자유뿐 아니라 우리가 동의할 수 없는 사상의 자유까지 보장하는 것"이라는 올리버 웬들 홈스 미 대법관의 견해는 민주주의의 본질을 꿰뚫고 있다. 이 본질이야말로 공산주의를 극복하는 가장 강력한 힘이다. 하지만 대한민국 권력자들은 진정한 반공에는 관심이 없었다. 반공 이데올로기를 권력 강화의 도구로 이용했을 뿐이다. 이승만과 박정희, 전두환으로 이어지는 권력의 파행적 역정은 국민의 정신을 끊임없이 불구화했던 반공 이데올로기의 산물이었다.

역사학자 에드워드 카가 "역사란 과거와 현재의 대화"라고 말했듯이, 역사의 관점에서 과거는 고정된 시간의 어떤 형태가 아니다. 현재의 시선에 의해 끊임없이 변하는 역동적인 생명체이다. 반공 이데올로기가 역사의 좀비가 되지 않으려면 현재의 시선에 의해 역동적인 생명체로 변화되어야 한다. 태극기 집회의 군중들이 변화되지 않는 반공 이데올로기의 세계, 선과 악의 이분법적 세계, 상대를 죽이지 않으면 내가 죽는다는 전쟁 상태의 세계에 갇혀 있는 것은 그들에게 현재의 시선이 없기 때문이다. 현실은 끊임없이 변한다. 정치는 끊임없이 변하는 현실을 냉철하게 분석하여 공동체의 대립과 갈등을 조정하고 해결하는 생명 활동이다. 4차 산업혁명이 화두로 떠오르는 지금, 이분법적 세계에 갇혀 있는 군중을 지지 기반으로 삼는 정치인들과 정당의 모습이 추악하게까지 보이는 이유는 여기에 있다. (2017년)

체 게바라의 꿈

볼리비아 밀림에서 게릴라 활동을 하던 체 게바라가 미 중앙정보국(CIA)이 지휘하는 볼리비아군에 체포되어 처형된 것은 1967년 10월 9일이었다. 체의 죽음은 미국이 가장 원했지만, 소련도 반겼다.

쿠바는 체의 적극적인 노력으로 1962년 이후 혁명의 중심지가 되어 제3세계 전역에 퍼진 무장 혁명 근거지에 인적 · 물적 자원을 제공하고 있었다. 체의 궁극적인 꿈은 라틴 아메리카를 넘어 아시아와 아프리카를 잇는 거대한 대륙 혁명이었다. 미사일 위기 이후 미국과 대립을 피하려는 소련의 입장에서 미국의 텃밭인 라틴 아메리카는 물론 아시아와 아프리카에까지 혁명을 부채질하는 체의 존재가 눈엣가시일 수밖에 없었다.

체가 처음 소련을 방문한 것은 1960년 가을이었다. 체의 가슴이 설렘으로 가득 찬 것은 소련이 그에게 사회주의의 모국이었기 때문이다. 하지만 크레믈(크렘린) 권력층의 사치스러운 생활을 목격하면서 환멸이 설렘을 덮었다. 체가 사회주의자로 변화한 것은 이십 대 시절 라틴 아메리카를 여행하는 동안 비참하게 살아가는 빈민들을 목격하면서였다. 체에게 사회주의는 인간의 의식에 혁명적 변화가 일어나야만 비로소 존재하는 사상이며 운동이었다. 의식의 혁명적 변화가 없는 이들이 소련의 당 엘리트 계층을 이루고 있다는 사실은 엄청난 충격이었다. 마르크스주의와 어긋나기 때문이었다. 마르크스는 사회주의적 인간의 높은 도덕성이 권력의 욕망을 제어할 수 있다고 믿었다.

그 후 두 차례 소련 방문과 크레믈 권력층과의 만남을 통해 사회주의 모국이 부패의 늪에 빠진 관료들과 권력에 취한 늙은 정치가들의 놀이터로 변해버렸음을 확인했다. 체가 크레믈을 '돼지우리'로 부른 이유는 여기에 있었다. 소련이 잘못된 사회주의의 길로 들어간 이유를 체는 소련 경제에 활력을 불어넣기 위해 자본주의적 경쟁 체제를 일부 도입한 레닌의 신경제 정책에서 찾았다. 경쟁 체제 속에서는 노동자들이 자신의 노동에 대해 진정한 사회주의적 인식을 가질 수 없다는 것이 체의 생각이었다. 체에게 자본주의는 인류의 타락과 고통의 근원이었다. 체는 소련과 소비에트 블록이 자본주의로 나아갈 운명이라는 자신의 생각을 기록으로 남겼다.

체는 라틴 아메리카 혁명 국가들이 형제애를 바탕으로 삼아 사회를 이루어 자원을 공유하면 소련과는 다른 올바른 사회주의 국가를 이룰 수 있다고 생각했다. 이 생각을 실천하기 위해 권력을 버리고 지리적으로 라틴 아메리카의 중심인 볼리비아의 밀림으로 들어간 것이다.

체의 혁명 이론은 체가 '새로운 인간'이라 표현한 용어에 압축되어 있다. '새로운 인간'은 공동선을 위해 자신을 기꺼이 희생한다. 희생을 통해 도덕적 기쁨을 느끼기 때문이다. 체는 자신의 〈철학 노트〉에 "사랑이 깨어나는 곳에 어두운 폭군인 자아가 죽는다."라는 정신분석학자 사비나 슈필라인의 문장을 적었다. 마르크스와 엥겔스, 레닌의 저작들에 대한 체의 연구가 심화되고 있을 때였다. 체가 '자아의 죽음'을 구체적으로 경험한 것은 게릴라 전쟁에서였다. 게릴라들은 혁명을 위해 자신의 생명을 기꺼이 바쳤다. 그런 그들의 모습이 체에게는 인류가 지향해야 할 이상적인 인간으로 비쳤고, 쿠바 혁명 이후 '새로운 인간'이라는 용어로 나타난 것이다.

1989~1991년의 소비에트 해체와 동유럽 사회주의 붕괴 이

후 우리는 삶의 모든 것이 자본이라는 절대 권력에 종속되어
버린 세계, 인간의 정신이 자본에 의해 끊임없이 물질화되는
세계, 한 사람의 부를 위해 아흔아홉 명이 고통을 받아야 하는
세계, 가난과 폭력의 희생자를 사물로 바꿔버리는 기괴한 세
계 속에서 살아왔다. 이런 세계에서 가장 빠르게 말라버리는
것이 '타인의 고통에 대한 공감 능력'이다. 여기에서 체의 '새
로운 인간'이 빛을 발한다. 자기 희생으로 타인의 고통과 세상
의 악을 끊을 수 있다고 믿는 투명한 정신의 소유자가 '새로운
인간'이기 때문이다.

체가 꿈꾸었던 유토피아의 세계는 인류의 눈앞에 어른거
리지 않은 적이 없었다. 문제는 다가가면 그만큼 멀어지는 데
에 있다. 인간의 윤리적 허약함 때문이었다. 유토피아의 세계
를 견디기에 인간은 윤리적으로 너무나 허약한 존재였다. 이
압도적인 절망 앞에서 인류는 늘 무릎 꿇었다. 지금도 무릎 꿇
고 있다. 허기진 '식인종적 욕망'이 불러일으키는 생명의 무차
별적 파괴와 참혹한 불공정의 고통과 허물어진 윤리의 잿더미
속에서. 체는 무릎 꿇지 않았다. 꼿꼿이 서서 스스로 '새로운
인간'이 되어 역류하는 역사의 물결을 헤치고 꿈을 향해 나아
갔다. 체가 전 세계 '청년'들에게 영원한 별이 된 이유는 여기
에 있다. (2017년)

"망루를 불태운 것은
우리다"

자본의 목적은 이윤이다. 이윤이 있는 곳이면 자본
은 즉각 이동한다. 가장 빨리 이동하는 자본이 이윤을 삼킨다.
자본의 물신주의는 이익이라는 지상 목표를 위해 사람을 도구
화한다. 존재 자체가 목적인 사람이 자본의 도구로 전락하는
것이다. 물신주의의 무서움은 타인과의 소통을 막아버리는 데
에 있다. 사람들의 삶은 피륙의 실처럼 연결되어 유기체처럼
움직이는데, 물신주의는 이런 생각을 끊어버린다. 타인의 삶
이 자신의 삶과는 아무런 관계가 없다고 생각하게 만드는 것
이다. 그 결과 자신의 이익 추구가 절대적 가치가 되어버린다.
용산참사는 자본의 물신주의와 국가폭력이 결합되어 일어난
비극이었다.

2009년 1월 19일 철거민들은 용산 4구역 재개발 지역 상

가 건물 남일당 옥상에 망루를 짓고 농성을 시작했다. 용산 재개발 사업에는 150층 빌딩 건설 등 사업비만 28조 원에 달하는 엄청난 개발 이익이 걸려 있었다. 시공사들이 얻는 이익은 4조 원으로 예상되었다. 하지만 상가 세입자들은 사업 결정과 추진 과정은 물론 개발 이익으로부터도 철저히 배제되었다. 이주 보상비만으로는 살길이 막막한 그들에게 망루 농성은 벼랑에 몰린 생존권의 절박한 표현이었다. 생존권은 사람으로서 생존하는 데 필요한 것을 국가에 요구할 수 있는 권리다.

대테러 담당 경찰 특공대가 농성 진압 명령을 받은 것은 1월 19일이었고, 다음날 새벽 3시 30분 현장에 도착했다. 6시 30분 작전이 시작되면서 경찰 특공대를 실은 컨테이너가 지게차에 실려 망루로 올려졌다. 경찰 특공대는 망루 구조는 물론 망루 안에 화염병과 시너 등 위험 물질이 얼마나 있는지조차 몰랐다. 농성 장소에 인화물이 있으면 진입해서는 안 된다고 경찰 진압 작전 지침서에 나와 있다. 망루에서 돌이킬 수 없는 불이 난 것은 7시 30분 전후였다. 그 화재로 철거민 다섯 명과 경찰 특공대 한 명이 사망했다.

2009년 2월 9일 검찰은 경찰관의 사망 책임을 물어 살아남은 농성자들을 특수공무집행방해치사 죄목으로 기소하고, 여섯 명의 사망에 경찰의 법적 책임이 없다는 내용의 수사 결과를 발표했다. 그해 10월 28일 1심 선고 공판에서 재판부는 농성자 일곱 명에게 징역 5~6년을 선고했다. 재판에서 가장 중요한 쟁점은 화재 발생 원인이었다. 경찰이 재판부에 제출한 채증 동영상에는 화재 발생 전후 시간대의 영상이 없었다. 검찰은 1만여 쪽의 수사 기록 중 경찰 핵심 지휘관들의 진술 조서 등이 포함된 3천여 쪽은 제출을 거부했다.

소설가 조세희는 2009년 11월에 펴낸 '작가선언 6·9'의 용산참사 헌정 문집《지금 내리실 역은 용산참사역입니다》발문에서 "동시대인으로서 이러한 비극과 슬픔, 불행한 폭력을 용인한 우리는 다 같은 죄인이다."라고 썼다. '작가선언 6·9'는 2009년 들어 민주주의의 후퇴가 심각한 상황에 이르렀음에 공감한 문인들의 연대 그룹으로 그해 6월 9일에 '6·9 작가선언'을 발표하고, '용산참사가 오늘날 한국 사회의 가장 근원적이고 본질적인 상처'라는 판단에 합의했다. 그들은 "망루를 불태운 것은 우리다. 정의롭고 아름다운 가치들을 내던지고 '뉴타운'과 '특목고'를 삶의 이유로 받아들인 우리 모두가 한 일이다. 민주주의와 인권 따위가 무슨 소용인가. 그것들은 돈이 되지 않는다. 우리가 괴물이었으므로 괴물 같은 정부가 탄생한 것이다."라고 헌정 문집 서문에 썼다.

희생자들의 장례식이 치러진 것은 참사 355일 만인 2010년

1월 9일이었다. 서울역 광장에 마련된 영결식에서 1년 동안 검은 상복을 입었던 유족들이 망자에게 꽃을 바쳤다. 영결식을 마친 후 운구차는 눈이 휘날리는 길 속으로 들어갔다. 1년 가까이 냉동고에 갇혀 있었던 망자들은 그날 저녁 비로소 흙에 묻혔다.

재개발의 광풍이 휩쓸고 지나간 남일당 주변은 폐허였다. 355일 동안 해가 지면 사람들이 폐허의 거리로 모여들었다. 유족들은 남일당 1층에 마련한 분향소를 지켰고, 가톨릭 사제들은 매일 저녁 7시 미사를 집전했다. 예술인들은 그림을 그리고, 글을 쓰고, 시를 낭송하고, 공연하고, 춤을 추었다. 촛불을 든 사람들과 꽃을 든 사람들이 쉼 없이 찾아왔다. 폐허의 거리는 꽃과 촛불로 환했다. 그 환한 공간은 고립되어 있었다. 인간의 존엄성이 무너지고 민주주의가 무너졌음에도 꽃과 촛불이 폐허 속에 고립되어 있었던 것은 우리가 치르고 견뎌야 할 희생과 고통이 부족했기 때문이었을 것이다. (2018년)

4·3과
베트남전쟁

베트남을 방문한 문재인 대통령은 3월 23일, 한국 군의 베트남전쟁 참전과 민간인 학살에 대해 사과했다. 김대중·노무현 전 대통령에 이은 세 번째 사과다. 문 대통령은 공개적이고 명확한 사과를 하려 했으나 베트남 정부가 동족상잔 등 내부 문제의 부각을 우려해 사과 수위를 크게 낮추었다고 전해졌다. 현대사에서 참혹한 전쟁이 많았음에도 베트남전쟁이 스페인내전과 함께 "인류의 양심에 그어진 상처"로 일컬어져 온 이유와, 전쟁이 끝난 즉시 위령 기념 건조물을 지어 바치는 것을 엄숙한 의무로 생각해 온 미국 국민이 베트남 전몰장병에 대해서만은 10년 동안 기념비조차 세우는 것을 꺼린 이유를 알기 위해서는 베트남전쟁의 뿌리를 들여다보아야 한다.

북베트남과 인민해방전선 지도층 대부분이 프랑스 식민 정권에 항거한 민족 운동가였던 반면 남베트남 지도층은 식민 정권의 관리이거나 군인 출신이 대부분이었다. 미국의 '베트남 평정 계획' 수석 고문관이었던 존 폴 밴은 "남베트남 정부가 대중적 정치 기반을 갖지 못한 이유는 그들이 프랑스 식민 정부 체제를 계승했기 때문"이라고 말했다. 베트남의 대다수 국민들이 인민해방전선과 북베트남의 노선을 지지한 것은 그들이 공산주의자였기 때문이 아니라 민족 해방을 염원했기 때문이다. 그러니까 미국과 남베트남은 북베트남과 인민해방전선을 상대로 싸우는 것이 아니라 대다수의 베트남인들과 싸워야 했다. 비무장 민간인조차 적이었던 것이다. 전쟁이 참혹할 수밖에 없었던 이유가 여기에 있었다.

1969년 여름, 미국 공군은 메콩강 삼각주 지역에 있는 끼엔 호아를 집중 폭격했다. 폭격 후 9사단의 50대 무장 헬리콥터는 마을을 샅샅이 뒤졌다. 사격 목표는 눈에 보이는 모든 사람이었다. 일본 〈아사히신문〉 특파원 혼다 가쓰이치는 그 일을 '아시아인 사냥'이라고 표현했다. 공식 기록에 따르면 '적'의 사망자 수가 1만 899명인 데 비해 포획된 무기는 748정에 불과했다.

베트남어에 능통한 미국인 퀘이커교도 다이앤과 마이클 존스는 5년간 한국군 작전 지역에서 집중 조사를 한 결과 미 해병이 개인 병기로 1백 명에 가까운 민간인을 학살한 밀라이 사건과 비슷한 규모의 학살 사건을 12건 밝혀냈다. 소규모 학살 사건은 이보다 훨씬 많으며, 학살의 희생자는 대부분 여자, 어린이, 노인이었다. 〈뉴욕 타임스〉 로버트 스미스 기자는 '동맹군에게 맡겨진 베트남 살인'이라는 제목의 기사에서 "한국군은 자신들이 점령한 마을에서 무조건 10분의 1의 민간인을 사살한다."고 썼다. 어떤 한국군 장교는 "물을 퍼내어 고기를 잡는 것이 자신들의 전술"이라고 기자에게 말했다. 물이란 민간인이며 고기는 공산주의자였다.

매카시즘과 베트남전쟁으로 표상되는 미국의 냉전 이데올로기는 팍스 아메리카나 추구의 이념적 근거였다. 그것이 최초로 적용된 곳은 한반도였다. 미국과 소련의 패권주의적 대립 속에서 남과 북은 한국전쟁이라는 미증유의 참사를 겪으면서 반공과 반미라는 증오의 이데올로기로 무장했다. 베트남 민간인에 대한 한국군의 학살은 반공 이데올로기가 품고 있는 증오의 발현이었다. 이 증오를 거슬러 올라가면 1948년 제주 4·3 비극과 만난다. 기록에 따르면 당시 군경 토벌대가 파악한 무장 제주도민의 수는 5백여 명에 불과했으나 학살당한 사람은 최소 3만여 명이었다. 미군의 한 보고서는 토벌 성공 이유를 '민간인 대량 살육 계획'에서 찾았다. 베트남전쟁을 응시하는 행위는 곧 냉전의 충돌 지점인 한반도의 비극을 응시하는 행위인 것이다.

2014년 3월 7일 한국정신대문제대책협의회는 3·8 세계 여성의 날 및 '나비기금' 발족 2주년 기념 기자회견에서 "한국 정부는 이제라도 베트남전쟁 시기 한국군에 의한 민간인 학살과 성폭력 범죄에 대한 진실을 밝히고, 그것이 전쟁 범죄임을 명확히 인정하고 학살 피해자와 그 유족에게 사죄하라."고 요구하면서 "일본 정부에 전쟁 범죄 책임을 물어 온 정대협이 베트남에서 자행한 우리 군대의 잘못을 뉘우치자고 목소리를 내는 것은 당연한 일"이라고 했다.

2017년 7월 25일에는 '일본군 성노예제 문제 해결을 위한 정의기억연대'가 제1회 길원옥 여성평화상 수상자로 베트남전쟁 당시 한국군의 민간인 학살 사건을 국내에 최초로 알린 구수정 한베평화재단 상임이사를 선정했다. '길원옥 여성평화상'은 일본군 위안부 피해자인 길 할머니가 '제1회 이화기독여성평화상' 수상자로 선정되어 받은 상금 1백만 원을 씨앗 기금으로 삼아 제정되었다. 베트남전쟁을 응시하는 행위는 인류의 가장 큰 죄악인 전쟁 자체를 응시하는 행위인 것이다.

(2018년)

5월 광주의 빛

광주 항쟁의 원인을 거슬러 올라가면 박정희의 죽음과 마주친다. 1970년대 유신 체제는 박정희 한 사람을 위해 모두가 어릿광대가 되어야 하는 대단히 비정상적인 권력 구조였다. 1976년 10월, 3년간 미국 중앙정보국(CIA) 한국지부장을 지낸 도널드 그레그는 텍사스대학 강연에서 "박정희 정권이 지금과 같은 정치를 계속한다면 몇 년 안에 붕괴될 것"이라고 말했다. 그로부터 3년 뒤 박정희가 피살되었다.

권력의 공백 속에서 군부의 태도는 조심스러웠고, 그것이 정치 세력 간 긴장 속의 균형을 이루는 데 일정한 역할을 했다. 이 균형을 허문 사건이 보안사령관 전두환을 주축으로 한 영남 군벌의 12·12 쿠데타였다. 쿠데타의 목표가 계엄사령관 정승화인 것은 군 인사권자인 그를 제거하지 않으면 자신들의 권력이 사라질 것임을 알고 있었기 때문이다. 전두환의 신군부는 쿠데타의 성공으로 군 권력을 장악했지만 국가 권력까지 장악할 수는 없었다. 유신 체제 지속을 원하는 국민은 10퍼센트에 불과했다. 신군부 권력은 10퍼센트의 권력에 불과했던 것이다. 두 번째 쿠데타가 필요한 이유였다. 두 번째 쿠데타는 1980년 5월 17일에 일으켰다. 5월 13일부터 시작된 학생들의 대규모 가두시위가 중단된 지 이틀 후였다. 비상계엄을 확대하면서 반유신 인사들을 체포하고, 계엄포고령 10호로 모든 정치 활동을 금지했다.

서울을 비롯한 전국이 신군부의 쿠데타에 숨죽이고 있던 5월 18일 정오 무렵, 8백여 명의 학생들이 광주 전남도청 앞에서 외로운 시위를 하고 있었다. 광주 시위는 신군부한테 눈엣가시였다. 시위 규모는 보잘것없었지만 더 큰 시위의 불씨가 될 가능성 때문이었다. 신군부는 7공수여단을 광주 도심에 투입했다. 백주 대로에서 군인들이 자행한 폭력은 상상을 초월했다. 짓밟으면 꺼질 줄 알았던 광주의 불씨는 오히려 커져 갔다. 군인들의 야만적 폭력이 공동체 의식이 강한 광주 시민에게 윤리적 분노를 불러일으킨 것이다.

그 결과 시위 진압 사흘째인 5월 20일 신군부는 믿기 힘든 두 가지 상황에 직면했다. 3개 여단 3천여 명의 특전사 병력과 1만 8천 명의 폭동 진압 경찰관이 시위대에 밀리는 상황과, 무정부 상태임에도 비정치적 범법 행위가 거의 일어나지 않는 불가사의한 상황이었다. 5월 21일 계엄군은 시위대를 향해 집단 발포했고, 그 참상은 시위대를 시민군이라는 무장 집단으로 변화시켰다. 그날 오후 신군부는 특전사 병력을 광주 시내에서 외곽으로 옮겼다. 광주가 '해방'된 것이다. 신군부가 '해방 광주'를 두려워한 것은 '서울'을 자극하기 때문이었다. 서울에서 시위가 다시 일어나면 그들의 권력이 위태로울 수밖에 없었다. '해방 광주'는 민주주의의 거점이었다.

5월 26일 오후 5시, 계엄사는 광주 점령 작전 시작을 알리면서, 자정 이후 도청에 남아 있는 사람은 폭도로 간주한다고 경고했다. 항쟁 지도부는 이 사실을 궐기 대회에서 공식 발표했다. 그날 저녁 많은 이들이 도청을 떠났다. 도청에 남은 이들은 '해방 광주'와 함께 죽음을 선택한 사람들이었다. '해방 광주'의 심장부인 도청이 3공수여단 특공조에게 점령된 것은 5월 27일 새벽이었다. '해방 광주'가 사라지면서 열흘간의 역사는 금기어가 되었다.

광주 시민들이 죽음을 통해 드러낸 것은 신군부의 실체였다. 쿠데타에 반대하는 국민을 학살하는 신군부의 행위는 세계를 경악시켰다. 그들의 행위는 독재의 반인륜성과 함께 민주주의의 가치를 일깨움으로써 인류가 오랜 세월에 걸쳐 획득한 보편적 진실의 소중함을 환기시켰다. 세계의 언론이 '해방 광주'를 주시한 까닭, 신군부가 '해방 광주'를 두려워한 까닭은 여기에 있었다.

역사에서 개인의 실존을 느끼는 경우는 매우 희박하다. 권력의 실존만 확인된다. 5월 광주는 그렇지 않았다. 개인의 실존이 권력의 실존을 견뎌냄으로써 권력이 삼키려 한 '진실'을 지켜낸 것이다. 1980년대 민주화 운동이 가혹한 탄압 속에서도 강물처럼 쉼 없이 이어진 것은 역사의 어둠을 밝히는 5월 광주의 등불이 있었기 때문이다.

2017년 4월에 출판된 《전두환 회고록》에 "계엄군과 시위대의 충돌은 무장한 시민군의 공격에 대응하기 위한 공수 부대의 자위권 발동이었다." "광주에서 진행되는 작전 상황과 관련해 조언이나 건의를 할 수조차 없었다." "광주 사태의 충격이 채 가시기도 전에 대통령이 되었다는 것이 원죄가 됨으로써 그 십자가는 내가 지게 되었다." 등의 문장들이 나온다. 《전두환 회고록》은 언어의 기능과 역할에 대한 절망과 함께 '권력이란 무엇인가?'라는 근원적 질문을 되씹게 한다. (2018년)

베를린, 판문점, 싱가포르

2018년 3월 초 미국 외교협회는 한반도의 전쟁 발발 확률이 50퍼센트에 이른다고 평가했다. 그로부터 두 달이 채 안 된 4월 27일 남북 정상이 판문점에서 '한반도의 평화와 번영, 통일을 위한 판문점 선언'을 발표했고, 6월 12일에는 북·미 정상이 싱가포르에서 '새로운 북미 관계 수립, 한반도의 평화 체제 구축, 판문점 선언 재확인과 한반도의 완전한 비핵화'를 내용으로 한 공동 성명을 발표했다.

북미 정상 회담은 1948년 한반도 분단 이후의 북미 관계를 비추어 보면 놀라운 역사적 사건이다. 선대와 확연히 다른 통치 스타일을 보이는 김정은 국무위원장, 군산 복합체와 연계된 워싱턴 정치의 기득권으로부터 자유로운 트럼프 대통령, 한반도의 운명을 간절함과 냉철함으로 응시하는 문재인 대통령이 직조한 역사의 정교한 태피스트리가 북미 정상 회담이다. 20세기의 파괴적 유산인 냉전 체제에 묶여 두 날개를 제대로 펼치지 못하는 한반도에 마침내 비상의 토대가 만들어진 것이다.

잔인함의 규모에서 20세기만큼 참혹한 시대가 없었다. 두 차례 세계대전 이후에도 끊임없이 일어난 식민지 전쟁과 내전 등으로 점령과 파괴, 저항과 대량 학살로 점철되었다. 그중에서도 한국전쟁은 "이토록 짧은 시간에, 이렇게 좁은 영토에서, 이처럼 집중적으로 많은 인명이 손실된 전쟁은 근대 이후 거의 없었다."는 평가가 나올 만큼 참혹했다.

인명 피해는 사망과 실종, 부상을 포함해서 5백만 명에 달했고, 거듭되는 전세의 반전 속에서 상호 보복의 학살이 한반도 도처에서 행해졌다. 미군의 무차별 공습은 참혹을 가중시켰다. 당시 미국 태평양 지역사령관 커티스 러메이는 "미 공군의 융단 폭격으로 북한은 석기 시대로 돌아갔다."고 증언했다. 전쟁의 참상에 책임이 큰 남과 북의 정권이 휴전 이후 오히려 강력한 권력 체제를 구축할 수 있었던 것은 반공과 반미라는 증오의 이데올로기를 효과적으로 이용했기 때문이다.

한국전쟁을 거치면서 한층 강화된 냉전 체제가 근본적으로 흔들린 것은 1989년 11월 베를린 장벽이 무너지면서였다. 그해 6월 서독을 방문한 고르바초프는 "베를린 장벽이 만들어진 조건이 사라지면 장벽도 자연히 사라질 것"이라고 말했다. 조건이란 냉전 체제였다. 베를린 장벽이 무너졌다는 것은 냉전 체제가 무너졌음을 뜻했다. 이 문명사적 전환은 강고한 분단 구조 속에 갇혀 있는 한반도에 새로운 인식의 틀을 요구했고, 그 첫 번째 과제가 반공과 반미라는 증오의 이데올로기로부터의 탈피였다.

김대중 대통령은 1차 남북 정상 회담 3개월 전인 2000년 3월 독일을 방문하여 발표한 '베를린 선언'에서 "한반도의 평화는 한반도는 물론 동북아의 안정과 세계의 평화를 위해서도 매우 중요한 과제"라고 하면서 "동서독 관계와 통일의 경험은 대북 정책 추진에 소중한 교훈이 되고 있다."고 말했다.

서독의 통일 정책은 글자 그대로 실재적이었다. 서독은 동독이 안고 있는 문제가 장래 통일독일이 안아야 할 문제라는 입장에서 통일 정책을 세워 나갔다. 이 입장이 요구하는 인식은 동서독의 차이가 가능한 한 좁혀져야 한다는 것이었다. 서독이 동독을 경제적으로 지원하여 동독 국민의 생활 수준을 향상시키고 정치 · 경제적 자유의 신장을 촉진한 이유가 여기에 있었다.

동서독 상호 방문이 시작된 것은 1964년 10월이었다. 처음에는 서베를린 시민의 동베를린 거주 친척 방문과 동독 정부 연금 수혜자의 서독 방문 허용 등 지극히 한정적이었다. 하지만 1969년 빌리 브란트 서독 총리가 과감한 동방 정책을 추진해 동서독 관계를 급진전시켰다. 1970년 3월 동서독 총리의 첫 정상 회담 이후 1989년까지 여덟 차례 공식·비공식 회담을 할 수 있었던 것은 서독의 일관성 있는 정책의 결과였다. "통일이 요구하는 것은 지루하고 끝이 없는 대화"라는 브란트의 토로야말로 서독 통일 정책의 핵심이었다. 베를린 장벽을 무너뜨린 것은 '지루하고 끝이 없는 대화'를 통해 축적된 에너지였다.

70년 만에 이루어진 북미 정상 회담을 지켜본 문재인 대통령은 "이번 합의를 바탕으로 우리는 새로운 길을 갈 것"이라며 "숱한 어려움이 있겠지만 다시는 뒤돌아 가지 않을 것이며, 이 담대한 여정을 결코 포기하지 않을 것"이라고 국민에게 밝혔다. 국민은 6·13 지방 선거를 통해 새로운 길로 향하는 문재인 정부를 전폭적으로 지지했다. 판문점과 싱가포르 회담을 기점으로 한반도에 새로운 역사의 씨앗이 발아하고 있는 것이다. (2018년)

12월 12일의 기억

1979년 12월 12일 밤이었다. 광화문의 주점에서 지인과 술을 마시다 10시 넘어 일어나 버스정류장으로 향했다. 정류장에는 평소보다 사람이 많았는데, 버스가 안 온다고 투덜거리는 소리가 여기저기서 들려왔다. 정말 버스가 오지 않았다. 누군가가 한강철교가 끊어졌다고 외치면서 지나갔다. 택시를 붙잡고 행선지를 말했더니 운전기사가 한강철교가 통제되어 그쪽으로 갈 수 없다고 했다. 그러던 중 신문사에 근무하는 선배와 마주쳤다. 그도 차를 타지 못하고 있었다. 당시는 12시 통금이 있을 때라 귀가를 포기하고 주점 골목으로 다시 들어갔다.

어둑하고 텅 빈 주점에서 술을 마시고 있는데, 육중한 쇠붙이들이 부딪치는 듯한 굉음이 들려왔다. 화들짝 놀라 소리 나는 쪽으로 달려가 보니 수십 대로 보이는 탱크가 광화문의 텅 빈 밤의 대로를 질주하고 있었다. 기괴하면서 초현실적인 광경이었다. 북한군이 남침했나? 그런데 왜 탱크가 광화문 한복판을 달리지? 남루한 한옥 여관에 설치된 공중전화기 다이얼을 부지런히 돌리던 선배가 충격을 받은 표정으로 "보안사령관 전두환이 반란을 일으켰다."고 말했다.

기무사의 계엄령 문건을 처음 보았을 때 그날 밤 광화문의 기괴하면서 초현실적인 광경이 떠올랐다. 특정 세력이 목적 달성을 위해 국가의 통치 구조와 의사소통 구조를 무력으로 통제하고 파괴하는 행위가 쿠데타이다. 기무사의 계엄령 문건이 섬뜩한 것은 촛불 시위에 참가하는 시민을 종북으로 규정하면서 국가 전복 세력이 될 수 있다고 판단한 점이다. 기무사 문건은 비상계엄의 명분으로 종북 세력의 국가 전복 위협과 북한의 군사 도발 가능성을 내세웠다. 헌법에 보장된 집회 결사의 자유를 행사하는 시민을 잠재적 국가 전복 세력으로 본다는 것 자체가 헌법과 민주주의를 부정하는 행위이다. 더욱이 촛불 집회는 세계가 찬사를 보낸 평화로운 시위였다.

분단 이후 북한에 비해 상대적으로 체제가 불안정했던 이승만 정부는 친일 세력을 끌어들여 강력한 반공 이데올로기를 구축했다. 이를 통해 이념 갈등을 빠르게 해결함으로써 국가

기구는 급속히 팽창했다. 특히 군의 팽창이 두드러져 한국전쟁 이전에 10만여 명이었던 정규군이 전쟁 후에는 60만 명을 넘어섰다. 사회경제적 발전 단계로 보면 기형적 성장이었다. 이 기형적 성장이 1961년 쿠데타와 그 뒤를 이은 군부 권위주의 통치의 토대 역할을 하면서 반공 이데올로기가 한국 사회에서 가장 강력한 권력의 네트워크로 정착했다.

이데올로기란 삶의 가치를 높이기 위한 도구이다. 인간을 위한 도구가 목적이 될 때 인간은 도구로 전락한다. 반공 이데올로기가 인권을 무참하게 유린할 수 있었던 것은 인간이 이데올로기의 도구가 되었기 때문이다. 인권이 유린되었다는 것은 민주주의가 유린되었음을 뜻한다. 국가 권력 이데올로기에 대한 비판의 자유야말로 민주주의가 품고 있는 소중한 본질임이 여기에서 명료하게 드러난다. 대한민국의 민주주의가 기형적 형태로 발전해 온 데에는 민주주의의 본질을 품을 수 없게 한 분단 체제가 커다란 역할을 했다. 반공 이데올로기가 민주주의보다 우위였던 것이다.

인간은 권력의 네트워크로부터 자유롭기를 원한다. 인류가 샤머니즘의 미망에서, 왕권신수설의 감옥에서, 종교의 도그마에서 깨어난 것은 거기로부터 자유로워지기를 원했기 때문이다. 이런 관점에서 역사를 인간을 감금하는 권력의 네트워크와, 감금에서 벗어나려는 인간과의 갈등과 충돌 과정으로 볼 수 있다.

오늘날의 권력은 자신의 네트워크를 가능한 한 드러내려고 하지 않는다. 자유롭고자 하는 인간을 자극하지 않기 위함이다. 권력이 추구하는 궁극의 존재 양식은 피권력자로 하여금 자신이 권력의 자장 속에 있다는 사실조차 모르도록 하는 것이다. 이것이야말로 역사의 무상 속에서 권력이라는 생명이 터득한 지혜로운 생존술로, 우리는 그것을 민주주의라고 부른다. 그럼에도 한국 사회에서 군부를 비롯한 특정 권력 세력들이 반공 이데올로기를 표 나게 내세우는 것은 반공 이데올로기가 자신들의 권력 유지에 커다란 역할을 해 왔음을 알기 때문이다.

한국 사회는 냉전 체제의 산물인 반공 이데올로기의 권력 네트워크 속에 지나치게 오래 갇혀 있었다. 흐르지 않는 사회는 고인 물처럼 썩는다. 지난 4월 시작된 남북과 북미의 화해 기류는 한국 사회가 늪의 세계에서 강과 바다의 세계로 흘러가는 역사적 모멘텀의 역할을 하고 있다. 기무사의 계엄령 문건을 엄격하고 철저하게 조사해야 하는 이유는 여기에 있다. 과거 청산 없이는 미래로 제대로 나아갈 수 없기 때문이다. 군이 국가 안보의 핵심 집단이라는 점에서 과거 청산의 중대성은 그만큼 무거워진다. (2018년)

4월의 순간들

    4월이 지나간다. 생명이 약동하는 4월이 오면 우리가 기억해야 할 역사적 시간과 네 번 마주친다. 첫 번째 마주치는 시간은 나에게 《순이 삼촌》으로 먼저 다가오는 '제주 4·3 사건'이다. 현기영이 중편소설 《순이 삼촌》을 발표한 것은 '제주 4·3 사건' 30년 후인 1978년이었다. "제주도를 초토화시킨 4·3의 대참사를 겪은 유년의 기억이 문학의 근원"이라고 토로한 현기영은 "4·3의 억압을 조금이라도 말하지 않고는 문학적으로 단 한 발짝도 내디딜 수 없을 것 같은 개인적인 절박함 때문에 《순이 삼촌》을 썼다."고 밝혔다. 발표 후 현기영은 보안사에 끌려가 모진 고문을 받고 한 달간 보안사에 갇혀 있으면서 '화탕지옥의 시간'을 겪었다.

    '순이 삼촌'의 고향 마을에는 음력 섣달 열여드렛날 오백 위도 넘는 귀신들이 밥 먹으러 강신하는 한밤중이면 슬픈 곡성이 터졌다. 살육의 장소는 '순이 삼촌'의 밭을 비롯한 네 개의 옴팡밭이었다. '순이 삼촌'은 자신의 밭에서 두 아이를 잃었다. 자신은 시체 무더기 속에 파묻혀 까무러쳐 있었다. 두 아이의 봉분이 있는 그 밭에서 '순이 삼촌'은 30년간 김을 맸다. 호미 끝에 때때로 흰 잔뼈가 튕겨 나오고 녹슨 납 탄환이 부딪혔다. 총소리의 환청은 조용한 대낮일수록 자주 들렸다. 옴팡밭의 기억에서 벗어날 수 없었던 '순이 삼촌'은 어느 날 그 밭에서 스스로 목숨을 끊었다. 제주의 비극은 한반도의 허리가 잘려 나가는 과정에서 흘린 피였다.

4월의 두 번째 역사적 시간은 4·19 혁명이다. 이승만 정권의 독재와 반공 이데올로기 속에서 압살된 자유가 4·19 혁명을 통해 싱그러운 생명체로 숨쉬기 시작했다. 최인훈의 《광장》은 그 싱그러운 생명체가 잉태한 소설이었다. 남과 북 사이에서 '경계인'으로 고뇌하던 이명준이 판문점 포로 교환 때 남과 북을 거부하고 인도로 향하는 배를 탔으나 결국은 바다에 투신한다. 이명준의 투신은 4·19 혁명 체제가 일 년 만에 5·16 쿠데타로 무너진 사실에 대한 절망적 상징이었다.

4월의 세 번째 역사적 시간은 세월호 참사다. 배가 침몰했고, 마땅히 구조되었어야 할 생명들이 수장된 이후 한국 사회

공동체가 그동안 미처 보지 못했거나 보지 않았던 것들, 보이지 않았기에 생각하지 않았던 것들, 생각하지 않았기에 행동하지 않았던 것들이 공동체 전체에 벼락처럼 내리쳤고, 그 '죄의 진창' 속에서 공동체는 비로소 새로운 눈으로 새로운 생각과 새로운 행동을 하게 되었다. '촛불 혁명'은 그 변화의 간절한 표현이었다. 세월호 참사 이후의 시간이 '혁명의 시간'이었음을 우리는 '촛불 혁명'을 통해 확인했다.

4월의 네 번째 역사적 시간은 '판문점 선언'을 낳은 2018년 남북 정상 회담이다. 한국 사회 내면 깊숙이 축적되어 온 과도한 폭력은 증오의 이데올로기를 필요로 하는 냉전 체제와 깊이 연결된다. 분단이 만든 기형적 국가 권력이 냉전 체제 유지를 위해 공동체의 구조와 의식 체계를 조직해 왔기 때문이다. 4월 27일을 잊지 말아야 하는 것은, 더 나아가 이날의 의미와 열망을 역사의 새로운 생명체로 승화시켜 나가야 하는 것은 '한반도의 평화와 번영, 통일을 위한 판문점 선언'이 냉전 체제 해체를 위한 가장 구체적인 로드맵이기 때문이다.

지난 1월 28일 'DMZ평화인간띠운동본부'는 '한반도의 항구적 평화를 위한 DMZ 민(民) + 평화 손잡기 발대식'을 열고 "판문점 선언 1주년인 4월 27일 14시 27분에 맞춰 70여 년 분단의 상징인 비무장 지대 동서 양끝인 고성~강화 500킬로미터의 길 위에서 50여 만 명이 평화를 염원하는 인간 띠 잇기를 진행한다."고 밝혔다.

'DMZ 민 + 평화 손잡기' 행사는 '발트의 길'에서 영감을 받았다. 인류사의 대전환기였던 1989년 8월 발트 3국인 에스토니아, 라트비아, 리투아니아 시민 2백만 명이 상상하기도 힘든 620킬로미터의 인간 띠를 만들어 소련으로부터 독립하려는 열망을 표현했다. '발트의 길'로 불리는 그 장대한 퍼포먼스는 인터넷이나 모바일 정보 통신 수단이 없었던 당시 세 나라 전체 인구 6백만 명 가운데 30퍼센트가 넘는 시민들이 참여하여 세계를 놀라게 했고, 그 힘을 바탕으로 발트 3국은 1991년 마침내 독립을 쟁취했다.

내가 'DMZ 평화 인간 띠 운동'을 중요하게 생각하는 이유는 촛불 혁명의 에너지가 냉전 체제 해체를 위한 에너지로 승화하는 징검다리 역할을 하는 것으로 보이기 때문이다. 4월 7일 비무장 지대를 감싸는 길이 평화를 염원하는 시민들에 의해 어떤 모습으로 변화할지 기대가 된다. (2019년)

김재규와
김상진의 죽음

1980년 5월 24일 새벽 4시 사형수 김재규는 육군
교도소 7호 특별 감방에서 서울구치소 보안청사 지하실 독방
으로 이감되었다. 사형이 집행된 것은 그로부터 세 시간 후인
아침 7시였다. 대법원에서 형이 확정된 지 나흘 만이었고, 계
엄군이 '5월 광주'의 중심 공간인 전남도청을 점령하기 사흘
전이었다. 죄목은 내란목적살인 및 내란수괴미수죄였다. 그
는 죽는 순간까지 복숭아씨로 만든 염주를 두 손에서 놓지 않
았다.

1979년 12월 12일의 반란으로 권력을 장악한 전두환은 이
듬해 4월 30일 언론과의 인터뷰에서 김재규를 "아비를 죽인
자식과 다를 바 없는 패륜아"라고 말했다. 김재규는 최후 진
술에서 "작년의 부산과 마산 사태는 유신 체제의 폭압에 대한

국민적 항거의 표본이었다. 부마 사태의 본질과 확산 조짐에 대해 보고하자 박정희 대통령은 항거가 거세지면 발포 명령을 내리겠다고 말했다."고 하면서 "우리에게는 다른 길이 없었다. 더 이상의 길이 없었다. 박 대통령은 나 개인에게 있어 사적으로 친형제나 다름없었다. 나는 나의 개인적 정분을 야수와 같은 마음으로 끊었다. 생명은 고귀한 것이며, 똑같은 것이다. 많은 사람을 희생시키는 것보다는 한 사람의 생명을 희생시킬 수밖에 없었다."고 말했다.

김재규의 최후 진술을 읽으면 떠오르는 이가 있다. 스물 여섯 살 청년 김상진이다. 유신 정권이 형 확정 열여덟 시간 만에 인혁당 관계자 여덟 명의 사형을 집행한 지 이틀 후인 1975년 4월 11일 서울대 수원 캠퍼스에서 열린 '구속 학생 석방과 민주 회복을 요구하는 자유 성토 대회'에서 축산학과 4학년 김상진은 유신 철폐를 외치며 할복해 다음날 숨졌다. 그는 '대통령에게 드리는 공개장'에서 "죽음으로써 바라옵나니, 이 조국을 진정 사랑하는 마음에서 바라옵나니, 더 이상의 무고한 희생이 가지 않도록, 더 이상의 혼란이 오지 않도록, 숭고한 결단을 내려주시기 바랍니다."라고 간절히 호소했다.

나는 김상진의 죽음을 관악산 캠퍼스에서 들었다. 그가 실행한 죽음의 방식은 충격이었다. 당시 나는 문학에 사로잡혀 있었다. 나를 둘러싼 세계는 차가우면서 어두웠고, 불가해했다. 문학은 차갑고 어둡고 불가해한 세계 속에서 고요히 빛나는 별이었다. 문학이 빚는 꿈의 형상은 유한한 존재인 인간이 품을 수 있는 최고의 존엄이었다. 역사의 존엄성도 언어가 품은 꿈의 존엄성을 따르지 못했다. 나에게 역사란 문학이라는 꿈의 주변부에 존재하는 풍경의 일부분일 뿐이었다. 풍경으로만 존재하는 역사는 나를 근원적으로 놀라게 하지 않았다. 상처와 운명을 자극하지도 않았다. 나의 꿈은 역사와 격절되어 있었다. 꿈과 역사가 만난다는 것은 불가능하게 여겨졌다. 그럼에도 나는 김상진의 죽음에 붙들려 있었다. 그의 죽음에서 무언가를 찾고 있는 내가 보였다. 무엇을 찾고 있었을까? 나는 내가 무엇을 찾고 있는지도 모른 채 무언가를 찾아야 한다는 절박감에 사로잡혀 있었다. 죽음은 인간의 운명에 내재한 궁극적 실체다. 어쩌면 나는 그가 선택한 '삼엄한 죽음'에서 궁극적 실체의 무게를 느끼고 싶었는지도 모른다.

그로부터 4년 반이 지난 1979년 10월 26일 김재규가 박정희를 저격하자 그 비극적 사건과 김상진의 죽음 사이에 가로놓인 심연을 잇는 역사의 끈이 감각되었고, 그 감각은 풍경으로 존재할 뿐인 역사를 살아 움직이는 생명체로 변화시키고 있었다. 느리고 조심스러운 그 변화에 혁명적 충격을 가한 것은 '5월 광주'였다.

'5월 광주' 이전까지 나는 역사에서 개인의 실존을 느낀다는 것은 불가능하다고 생각해 왔다. 권력의 실존이 개인의 실존을 끊임없이 삼킴으로써 생명력을 확장해 나가는 것이 역사라고 생각했기 때문이다. 이 생각이 꿈과 역사를 격절시키는 데 커다란 역할을 했다. '5월 광주'는 그런 나의 생각을 깨뜨렸다. 개인의 실존이 권력의 실존을 삼키는 모습을 '5월 광주'에서 보았던 것이다. 그 힘의 원천은 희생이었다. 광주 시민의 죽음이 나에게 '순결한 실존'으로 다가온 이유는 그것이 희생적 죽음이었기 때문이다. 개인이 역사와 맞설 수 있는 가장 도덕적인 무기가 '순결한 실존'임을 나는 '5월 광주'에서 확인했다.

어떤 죽음도 혼자의 죽음일 수밖에 없다. 동시에 어떤 죽음도 혼자의 죽음일 수가 없다. 이 죽음의 이중성이 하나의 모습으로 겹치는 때가 있다. 죽음이 희생을 품을 때다. 그 순간 '나의 죽음'이 '우리의 죽음'으로 변화한다. 그리고 그 죽음은 역사의 영혼이 된다. 김상진의 죽음과 함께 김재규의 죽음을 깊이 들여다보아야 하는 이유는 여기에 있다. (2019년)

김원봉, 백선엽,
이인태의 생애

───────────

문재인 대통령이 현충일 추념사에서 "광복군에는 무정부주의 세력, 한국청년전지공작대에 이어 약산 김원봉 선생이 이끌던 조선의용대가 편입돼 마침내 민족의 독립운동 역량을 집결했고, 결과적으로 광복군이 대한민국 국군의 뿌리가 되었다."고 언급한 이후 김원봉을 둘러싸고 이념 논쟁이 벌어졌다. 정파와 이념을 뛰어넘어 통합으로 가자는 취지였다는 청와대 관계자의 설명에도 불구하고 논쟁은 더 격화됐다. 급기야는 차명진 자유한국당 의원이 김원봉의 월북 이후의 정치적 행적을 거론하면서 "문재인은 빨갱이"라고 말했고, 황교안 자유한국당 대표는 일제의 간도특설대 출신으로서 《친일인명사전》에 오른 백선엽 예비역 대장을 만나 "백 장군님이 우리 군을 지켰고, 오늘에 이르게 됐다는 사실이 명백한데 김원봉이라는 사람이 군의 뿌리가 된 것처럼 말을 하고 있어 안타깝다."고 말했다.

김원봉의 생애는 크게 일제 강점기와 해방 공간, 월북 이후로 나눌 수 있다. 남한 사회의 반공 세력은 월북을 이유로 김원봉의 독립운동 행적을 지우려 했고, 그 결과 김원봉의 생애는 두 동강이 난 채로 역사의 강물에서 표류해 왔다. 분열된 그의 생애를 복원하려면 해방 공간을 들여다보아야 한다.

1945년 광복 이후부터 1948년 대한민국 정부가 수립되기 이전까지의 시기인 해방 공간은 반공 세력이 친일 세력을 끌어들여 사회주의 세력은 물론 우파 민족주의 세력까지 압살한 카오스적 공간이었다. 이 카오스적 공간을 제대로 들여다보아야만 김원봉의 생애를 온전히 파악할 수 있다.

김원일의 장편소설 《바람과 강》에 '이인태'라는 문제적 인물이 등장한다. 열여덟 살 때 고향을 떠나 북간도에서 독립 투쟁을 하다 일본군에 체포된 후 혹독한 고문을 견디지 못하고 숨겨야 할 사실들을 말해버린다. 그 대가로 풀려나 중국과 러시아, 일본을 떠돌던 중 해방이 되자 귀국하여 고향에서 약간 떨어진 마을의 주막 과부에 의탁하여 8년을 살다 죽음에 이르는데, 생애 마지막 겨울 어느 날 죽음을 예감한 그는 돼지우리에 들어가 잠을 자기 시작한다. 사람들이 그를 아무리 끌어내려고 해도 그는 앞으로 죽는 날까지 돼지우리에 살겠다고 하면서 꿈쩍도 하지 않는다.

나중에 밝혀졌지만 이인태는 일본군 장교로부터 "우리도 너를 인간 이하로 대하며 족쳤지마는 그건 황실과 조국을 위한 애국의 일념이었다. 우리는 천황 폐하께서 우리에게 내린 임무를 충실히 수행했을 뿐이다. 그러나 너는 동족을 팔아먹은 개만도 못한 자식이다. 개돼지와 같기에 죽일 필요조차 없는 쓰레기다. 우리는 천황 폐하의 자비심으로 너를 석방시키기로 했다. 조선인은 이제 석방된 너를 어느 누구도 믿지 않을 것이다. 민족을 팔아먹은 너를 아무도 받아주지 않을 테니 마적이 될 수도 없다. 앞으로는 살아 있는 그날까지 개돼지같이 살아!"라는 말을 들었고, 그의 자백으로 어린 자식을 잃은 조선인 아낙으로부터도 "평생 똥이나 처먹는 개돼지로 살아."라는 말을 들은 것이었다. 일본군 장교와 조선 아낙의 말이 이인태로 하여금 20년 넘게 낯선 타국을 부랑자로 떠돌게 했고, 해방 후 귀국했으나 고향에 발을 딛지 못하게 했을 뿐만 아니라 죽음을 앞두고 마침내 돼지우리로 들어가게 한 것이었다.

이인태의 생애는 허구지만 그 허구가 일제강점기와 해방 후의 비극을 관통하면서 역사에 대한 우리의 집단적 기억 상실을 고통스럽게 드러낸다. 간도특설대에 복무하면서 항일독립

군 토벌 임무를 수행했던 백선엽은 일본어로 출판한 자서전에서 "우리가 토벌했기 때문에 한국의 독립이 늦어진 것도 아닐 것이고, 역으로 우리가 게릴라가 되어 싸웠다 하더라도 독립이 빨라졌으리라고 생각되지 않는다."고 자신의 친일 행위에 대해 기이한 변명을 했다.

김원일은 "일제 시대 친일파가 해방 후 일약 반공주의자로 변신하여 과거의 행적을 감추는 데 급급한 그 많은 사이비 애국자의 작태를 보면서 변절자의 반성적 삶을 써보고 싶었다."고 《바람과 강》의 창작 동기를 밝히면서 "일제 아래 피치 못할 사정으로 민족 반역자로서의 삶을 살았다 하더라도 해방 후 준열한 자기 비판을 통해 참회하는 시간을 왜 갖지 못하였는가?"라고 물었다.

남과 북은 오랜 세월 이데올로기에 갇힌 수인으로 살아오면서 역사의 존엄성을 상실해버렸다. 김원봉과 백선엽, 이인태의 생애를 깊이 들여다보아야 하는 이유는 여기에 있다. 그들의 생애가 남과 북이 상실한 역사의 존엄성을 비추는 거울 역할을 하기 때문이다. (2019년)

박종철 아버지와
김용균 어머니

지난 1월 12일 오후 2시 박종철 33주기 추모제가 박종철이 숨을 거둔 옛 남영동 대공분실(현 민주인권기념관) 마당에서 열렸다. 추모제는 춤패 마구잽이의 북춤으로 시작되었다. 북은 짐승의 가죽으로 만들어진다. 사람이 짐승을 두드리는 소리가 북소리인 것이다. 여기에서 짐승은 신에게 바치는 제물이다. 먼 옛날, 사람들은 제물을 두드리면서 신을 불렀다. 신이 지상을 떠나지 않았던 시절의 북소리는 일상의 시간을 신이 깃드는 특별한 시간으로 변화시키는 역할을 했다. 그 신성한 소리를 통해 세상의 슬픔과 소망을 신에게 보여드리는 초월의 공간이 마련된 것이었다. 사람은 초월의 공간을 오래 견디지 못한다. 일상의 에너지보다 훨씬 밀도 높은 에너지를 요구하기 때문이다.

1987년 1월 14일 새벽, 스물세 살 청년 박종철은 초월의 공간 속으로 끌려 들어가 오전 11시 20분경 숨을 거두었다. 박종철의 죽음은 그냥 죽음이 아니었다. 정화된 죽음이었다. 누군가를 위해, 누군가를 대신한 희생이 그의 죽음을 깨끗이 씻은 것이었다. 그날 이후 박종철의 정화된 육신이 사람들의 마음에 조금씩 떠오르기 시작했다. 박종철의 육신은 어두운 물속에 있지 않았다. 환한 빛 속에 있었다. 환한 빛 속에서 생명체처럼 숨쉬고 있었다. 그 환한 빛의 세례를 받은 이들은 그전의 시간으로 돌아갈 수 없었다. 다시 꿈을 꿀 수 있겠다는 희미한 예감에 사로잡히기 시작했기 때문이다. 박종철 이전의 정화된 죽음들이 쌓은 꿈이었다. 그 꿈이 박종철의 죽음을 통해 되살아난 것이었다. 박종철의 아버지 박정기는 그 꿈의 중심으로 속절없이 이끌려 들어갔다.

부산 수도국에서 36년을 일하고 예순 살로 정년 퇴임을 앞둔 해에 아들을 잃은 박정기는 그로부터 5개월 후 6월 항쟁의 거리에서 시민들이 든 펼침막의 글귀 "철아, 잘 가그래이. 이 아부지는 아무 할 말이 없데이"를 보고 하염없이 울었다. 6월 항쟁은 그로 하여금 '아들이 나에게 새로운 세상으로 건너가는 다리를 놓아주었다'는 사실을 깨닫게 했고, 그 깨달음은 전국민족민주유가족협의회(유가협) 가입으로 그를 이끌었다. 유가협 회원들은 죽은 자식을 끌어안고 사는 부모들이다. 그들이 오랜 세월 동안 민주주의와 인권을 위해 그토록 치열히 싸울 수 있었던 것은 자식의 혼을 떠나보내지 못하고 가슴 깊이 품고 있었기 때문이다.

"내 나이 이제 여든여덟이다. 지난 삶을 돌이켜 보면 회한이 없을 수 없다. 나는 아직도 철이가 죽음을 맞바꾸면서까지 지키려 했던 것이 무언지를 생각한다. 스물세 살의 철이는 세상의 한가운데서 무엇을 꿈꾸었을까? 그 답을 나는 지금도 찾고 있다."

박정기는 2018년 7월 28일 세상을 떴다. 아들을 잃은 후 31년의 세월은 늙은 육신이 스물세 살 아들의 젊은 혼에 이끌린 삶이었다. 개인의 삶이 역사의 삶이 되어버린 것이다. 박정기가 세상을 뜬 그해 12월 11일 새벽, 스물네 살의 비정규직 노동자 김용균이 태안화력발전소의 어두컴컴한 지하 작업장에서 헤드랜턴도 없이 휴대전화의 손전등 불빛을 비춰 가며 일하다 컨베이어 벨트에 끼여 육신이 두 동강 나버렸다. 박정기가 살아 있었다면 생전에 그랬듯 김용균의 빈소로 달려갔을 것이다.

"용균이는 나에게 햇빛이고 공기였다."는 김미숙은 아들이 죽기 전 그곳에서 8년 동안 열두 명이 산재로 죽었고, 28번이나 시정 요구를 했음에도 돈이 많이 들어간다는 이유로 묵살당한 사실을 알게 되면서 아들의 죽음이 혼자의 죽음이 아니라는 사실을 깨닫게 되었다. 김용균의 죽음은 어둠에 묻혀 있던 노동자들의 죽음을 드러낸 것이었다. 김미숙이 세상의 지붕 위로 올라가 아들의 참혹한 죽음이 품고 있는 진실을 외친 것은 "내 아들은 죽었어도 다른 사람 자식들은 살리고 싶다."는 간절한 염원 때문이었다. '비정규직 없는 세상, 노동자가 건강하게 일하는 세상을 일구는' 김용균재단이 만들어진 것은 염원의 결실이었다. 김미숙의 그 염원은 박정기가 자식을 잃고 품은 염원과 일치했다. 김미숙이 박종철 33주기 추모제에 참석한 것은 필연이었다. 그녀가 옛 남영동 대공분실 509호실에 마련된 박종철의 영정에 흰 꽃 한 송이를 바치는 순간 박종철과 김용균의 삶이 서로에게 스며들면서 시공을 초월한 역사적 만남이 이루어진 것이었다. (2020년)

부재의 기억

지난 2월 9일 세월호 희생자 어머니 두 분이 단원고 아이들의 캐리커처를 그린 스카프를 펼쳐 들고 제92회 아카데미 시상식 레드 카펫를 걸었다. 이승준 감독의 〈부재의 기억 (In the Absence)〉이 한국 영화 최초로 아카데미 단편 다큐멘터리 부문 후보에 올랐기 때문이다. 아쉽게도 수상은 못 했지만 세월호의 비극, 그 심해와 같은 캄캄한 진실을 세계에 알리는 데 커다란 역할을 했다.

이승준 감독이 주목한 것은 세월호에 스며든 고통이었다. 고통이 거기에 있는 한 이야기가 계속되어야 한다고 생각한 그는 고통의 시작점인 2014년 4월 16일로 돌아갈 수밖에 없었다. 배가 기울기 시작한 이후 배 안에서, 배 밖에서 오간 이야기들과 풍경들이 있어야 했던 것이다. '416기록단'은 수천 시간에 이르는 영상 기록을 이승준 감독에게 기꺼이 건넸다. '416기록단'이 존재하지 않았으면 〈부재의 기억〉은 만들어지지 못했거나 다른 모습으로 만들어졌을 것이다.

당시 유가족들은 언론에 대한 불신으로 촬영을 허락하지 않았는데, 유일한 예외가 '416기록단'이었다. 기존 미디어들이 제구실을 못 하고 있을 때 '지금 기록하지 않으면 영원히 진상을 밝힐 수 없을지도 모른다'는 독립 피디들의 절실한 마음이 모여 만든 '416기록단'의 진정성이 유가족들의 마음을 연 것이다. 바지선에 올라 시신 인양을 직접 촬영할 수 있었던 것은 유가족들이 '416기록단'의 카메라를 자신들의 카메라로 받아들였기 때문이다.

〈부재의 기억〉에서 세월호 생존자 김승묵은 탈출 당시를 회상하면서 "그곳에 우리를 지키는 누군가는 없었다. 정말 단 한 명도……."라고 말했다.

"대통령께서 직접 구조를 하는 분은 아닙니다. 그날 여러 차례 전화를 하고 여러 차례 문서를 보내 지침을 받았습니다." "대통령은 노셔도 돼요, 일곱 시간. 현장 책임자만 잘 임명해 주시면." "고위 공무원들한테 묻겠습니다. 저희는 그 당시 생각이 다 나요. 잊을 수 없고 뼈에 사무치는데 사회 지도층이신 고위 공무원께서는 왜 모르고 왜 기억이 안 나는지……."

2016년 12월 국정조사에서 김기춘 대통령 비서실장, 정유섭 새누리당 의원, 민간 잠수사 김관홍이 했던 발언이 차례로 화면에 나온다. 앞의 두 사람과 달리 김관홍의 목소리에는 울음이 배어 있다. "아빠가 가서 저 사람들 다 구해줘. 아빠는 할 수 있잖아."라는 어린 딸의 말에 본업을 접고 팽목항으로 달려간 김관홍은 딸의 바람과 달리 구조 대신 시신 인양 작업을 해야 했다.

　"한 구 한 구 모시고 나올 때 온몸으로 다 느껴요. 육체적인 건 다스려 가면 되는데 머릿속에, 마음속에 있는 건…… 죽은 아이들이나 그 가족들은 저희한테 아무 짓도 안 해요. 꿈속에서도 안 해요. 되레 산 자들이, 살아 있는 사람들이 저희를 죽이는 거예요."

　김관홍이 자살한 것은 2016년 6월 17일이었다. 김관홍과 함께 세월호 희생자들을 수습했던 민간 잠수사 전광근은 〈부재의 기억〉에서 "배 안에서 학생들이 살려고 노력했던 흔적들이 많았다. 이인 객실에서도 일곱 명 여덟 명이 모여……."라면서 말을 잇지 못한다.

　선내 객실의 미로 같은 공간을 떠돌던 화면은 주인 잃은 운동화들에 머문다. 물에 가라앉아 형태가 변형된 각양각색의 운동화 위로 물 흐르는 소리, 잠수사의 숨쉬는 소리가 떠돈다.

당시 팽목항에는 집이 있는 방향을 향해 가지런히 놓인 운동
화들이 자주 보였다. 어둡고 차디찬 바닷속에서 나와 새 운동
화를 신고 집에 가자는 부모의 애끓는 마음의 표현이었다. 그
작고 쓸쓸한 운동화가 때로는 새처럼 보이기도 했을 것이다.
금방이라도 날개를 펴고 어디론가 날아갈 것 같은.

　팽목항 입구 갯벌 매립지에 잿빛 컨테이너가 있었다. 사고
해역 주변에서 거둔 물건들 가운데 주인을 찾을 수 없는 것들
을 모아둔 유류품 보관소였다. 거기에도 운동화가 있었다. 진
흙 묻은 옷가지와 바닷물에 젖어 풀 죽은 인형, 변색된 가방과
모자가 있었고, 줄 끊어진 기타도 있었다. 그 물건들 속에는
물속으로 사라진 아이들이 하고 싶었던 말들, 하지만 끝내 하
지 못한 말들이 스며들어 수런거리고 있었을 것이다. 예술가
는, 그가 진정성 있는 예술가라면 그들의 수런거리는 소리에
귀를 기울인다. 〈부재의 기억〉은 귀를 기울이는 예술가가 만
든 작품으로 내게 다가온다. (2020년)

국가 권력의
근거에 대한 물음

***

2015년 성탄절 저녁 동네 근처 산에 올라가 '러키 문(Lucky Moon)'을 보았습니다. 1977년 크리스마스 이후 38년 만에 뜨는 보름달이었습니다. 달은 구름에 숨기도 하고 구름 사이로 나타나기도 하면서 고요히, 장엄하게 흘러가고 있었습니다. 그날 정오 프란치스코 교황은 바티칸 산피에트로 대성당 발코니에서 시리아와 리비아 등지에서 분쟁으로 고통받는 난민과 이주자들, 세계 곳곳에서 벌어진 테러 희생자들을 위로하면서 분열과 갈등을 종식시킬 것을 호소하는 성탄 메시지를 낭독했습니다.

2015년 9월 2일 터키 보드룸 해안에서 빨간 윗도리와 짧은 반바지 차림에 감색 운동화를 신은 세 살배기 난민 어린이 알란 쿠르디의 익사체가 발견되었습니다. 그 모습을 사진에 담

은 사진기자 닐뤼페르 데미르는 "아이의 침묵하는 몸이 지르
는 비명을 표현할 유일한 방법이 사진이었다."고 말했습니다.
그의 사진은 시간당 5만 3천 회 리트윗되었고, 열두 시간 동안
컴퓨터와 스마트폰 화면에서 2천만 회 검색되었으며, 국제 사
회의 자성을 불러일으키는 데 큰 역할을 했습니다. 아이의 아
버지 압둘라는 "우리 가족의 죽음이 다른 많은 난민 가족에게
문을 열어줬다. 어린 알란이 이루지 못한 꿈을 다른 알란들이
이루기를 바란다."고 말했습니다.

침묵하는 몸의 비명을 듣는 마음

해변에 얼굴을 묻고 동그랗게 누워 있는 알란의 사진을 보
면서 '세월호 아이들'을 생각한 이는 저만이 아니었을 것입니
다. '아이들의 침묵하는 몸이 지르는 비명'을 어떤 마음으로
들었는지, 사람마다 달랐을 것입니다. 캄캄한 절망 속에서, 절
망을 껴안고, 절망을 정화하면서 '아이들의 침묵하는 몸이 지
르는 비명'을 간절하게 표현하는 세월호 유가족들을 비난하
고 조롱한 사람들도 있었고, 일상으로 돌아갈 것을 요구한 사
람들도 있었습니다. 그런 이들에게 보여주고 싶은 사람이 있
습니다. 참사 전날 화물차 운전자로 세월호에 탄 김동수 씨입

니다.

배가 기울자 그는 4층 우현 출입문으로 내려와 근처에 있던 소방 호스를 늘어뜨려 배가 완전히 침몰하기 직전까지 물에 떠 있는 이들을 끌어올려 20여 명의 생명을 구했습니다. 하지만 그날 이후 그의 일상은 무너졌습니다. 그의 기억 속에는 그가 구한 아이들이 아니라 구하지 못한 아이들만 남아버렸기 때문입니다. 미안해서 따뜻한 물로 샤워할 수 없다고 했습니다. 밤만 되면 구하지 못한 아이들이 쫓아와 잠을 이루지 못한다고 했습니다. 이사한 집에서는 '가장 추운 방'을 자신의 방으로 골랐습니다. 편하게 살면 안 된다는 생각 때문이었습니다. 12월 14일에는 세월호 청문회에서 "위증"이라고 외치며 가방에 있던 가위(근육 운동을 자주 하는 김 씨는 몸에 운동용 테이프를 붙이기 위해 가위를 늘 갖고 다닌다고 합니다)로 자신의 배를 찔렀습니다. 자해의 이유를 묻는 기자에게 그는 "증인들이 거짓으로 답하니까 내 안의 창자라도 보여주고 싶었다."고 말했습니다. 참혹한 고백이었습니다.

고통은 신비한 생명체입니다. 그 생명체는 사람과 사람 사이의 심연을 이어줍니다. 예수라는 한 인간이 '그리스도'가 된 것은 타인의 고통을 자신의 고통처럼 느꼈기 때문입니다. 그분은 병자를 낫게 하고 죽은 사람을 살리는 기적을 행하지 않았습니다. 진정한 기적은 사람을 살리는 데에 있지 않기 때문입니다. 왜 그 사람만 살립니까? 고통받는 모든 사람을 살려야지요. 특정한 사람을 살리는 것은 한갓 마술일 뿐입니다. 기적의 신성은 고통을 겪고 있는 사람에게 다가가 스스로 그 사람이 되어 그의 고통을 온몸으로 느끼는 그분의 모습에 깃들어 있습니다.

아름다운 사람들을 보는 두 시선

김동수 씨가 자해한 것은 그가 세월호 침몰과 함께 죽어간 아이들의 고통 속에 있었기 때문입니다. 고통을 느끼지 못한 사람들의 눈에는 '이상한 사람'으로 보였을 것입니다. 일부 언론도 그런 관점에서 보도했습니다. 그들에게는 "고통에는 중립이 없다."는 프란치스코 교황의 말도 이상하게 들렸을 것입니다. 저는 공동체의 건강 상태를 가늠하는 여러 가지 척도 가운데 '타인의 고통에 대한 공감 능력'을 가장 중요하게 생각합니다. 아름답기 때문입니다. 세월호 침몰 이후 우리는 아름다운 사람을 참 많이 보았습니다. 그들이 만들어내는 아름다운 풍경은 쉽게 잊히지 않을 것입니다. 절망의 풍경도 있었습니다. 아름다운 사람들을 텅 빈 눈으로 바라보는 사람들을 너무 많이 보아버렸습니다. 그 황폐한 풍경 역시 쉽게 잊히지 않을 것입니다.

'가만히 있으라'는 명령을 따르다 차가운 바닷속으로 가라앉은 무구한 아이들의 죽음을 제대로 진혼하지 못하는 우리의 현실은 국가 권력의 존립 근거에 대한 물음과 함께 '앞으로 어떻게 살아야 할 것인가'에 대한 근원적 물음을 불러일으켰습니다.

이 물음들은 스스로 목숨을 끊고 공동체로부터 달아난 쌍용차 노동자들을 생각나게 합니다. 쌍용자동차가 2,646명을 대상으로 구조 조정을 통보한 2009년 4월부터 2015년 4월까지 해고 노동자와 가족 28명이 스스로 목숨을 끊거나 지병 등으로 세상을 떠났습니다. 그들의 죽음이 전율스러운 것은 공동체가 건강한 생명체로 기능하기 위해 지녀야 할 최소한의 기준이 무너졌거나, 무너지고 있는 표징으로 느껴졌기 때문입니다. 그럼에도 몇몇 언론과 일부 시민들만 관심을 보였을 뿐 메이저 언론을 비롯한 주류 권력 집단은 죽음을 텅 빈 눈으로 바라보고만 있었습니다.

목숨을 끊는 이들은 노동자들만이 아닙니다. 병영의 폭력을 견디지 못한 청년들이 목숨을 끊고 있습니다. '육체가 형성되기도 전에 영혼을 망가뜨리는' 학교 시스템을 견디지 못한 청소년들이 목숨을 끊고 있습니다. 우리나라 자살률은 경제협력개발기구(OECD) 34개 국가 가운데 으뜸입니다. 10대와 20대, 30대의 사망 원인에서 자살이 1위입니다. 자살은 사회구조적 요인이 반영된다는 관점에서 '사회적 타살'로 간주합니다. 맹자는 "정치로 사람을 죽이는 행위는 흉기로 사람을 죽이는 것과 다르지 않다."고 〈양혜왕 상편〉에서 말했습니다.

2015년 12월 18일 투신자살한 한 서울대생은 유서에 "이 세상의 합리는 저의 합리와 너무나도 달랐습니다. 죽는다는 것이 생각하는 것만큼 비합리적인 일은 아닙니다."라고 썼습니다. 그의 유서에서 '헬조선'이라는 말을 자연스럽게 떠올렸습니다.

절망 속에 깃든 희망의 씨앗

사람은 언어를 통해 존재의 내면을 드러냅니다. 하이데거는 존재가 언어 안에 거주한다고 생각하여 언어를 '존재의 집'이라고 했습니다. 아르바이트 전문 포털 '알바천국'이 만 19살 이상 30살 미만 청년 989명을 대상으로 설문조사한 결과, 청년들이 꼽은 2015년 한 해 가장 공감하는 신조어는 1위가 '금수저, 흙수저', 2위가 '헬조선'이었습니다. '헬조선'이라는 말

속에 청년들의 마음이 그만큼 깊이 고여 있는 것입니다.

언어는 어떤 거짓도 '사실' 혹은 '진실'의 모습으로 둔갑시킬 수 있는 기괴한 생명체이기도 합니다. 언론의 언어가 중요한 이유는 여기에 있습니다. '사회의 거울' 역할을 하니까요. 우리의 언론 언어를 들여다보면 갈기갈기 찢긴 언어의 처참한 육신에 늘 절망합니다. 우리 사회가 갈기갈기 찢겨 있는 것은 언론의 언어가 갈기갈기 찢겨 있는 것과 깊은 연관이 있습니다.

새해를 맞으며 우리가 간절히 기억해야 할 사람이 있습니다. 농부 백남기 씨입니다. 그는 2015년 11월 14일 저녁 정부의 농업 정책에 항의하기 위해 농민들과 함께 서울 도심에서 시위하다가 경찰의 직사 물대포를 맞고 쓰러졌습니다. 11월 24일 국무회의에서 박근혜 대통령은 백남기 씨에 대해 일절 언급하지 않고 그날의 시위를 '불법 폭력 사태'로 규정하면서 "복면 시위는 못 하도록 해야 한다. 아이에스(IS)도 지금 얼굴을 감추고 그렇게 하고 있지 않느냐."고 말했습니다. 국가 권력의 존립 근거에 대한 물음을 다시금 곱씹게 한 발언이었습니다.

저는 지금 다가오는 새해의 새벽을 바라보며 희망을 생각합니다. 우리는 알고 있습니다. 절망 속에 희망이 씨앗처럼 깃들

어 있음을. 절망이 희망을 품고 있는 것입니다. 그 씨앗을 키
우기 위해서는 절망에 짓눌리지 않아야 할 것입니다. 절망을
응시하고, 절망을 껴안으면서, 절망을 넘어서야 할 것입니다.
세상의 슬픈 길 속에서. (2015년)

제4부

고통과 희망 사이

ⓒ 정찬

경주 지진의
묵시록

경주 지진이 일어난 9월 12일 저녁 부산 광안리 바닷가에 위치한 오래된 아파트 4층에 있었다. 외출하고 돌아와 옷을 갈아입는데 둔중한 소리와 함께 창문이 흔들리면서 바닥이 푹 꺼지는 듯한 느낌이 들었다. 이게 뭐지? 느낌이 너무 낯설어 소름이 돋았다. 베란다로 가보니 빨래 건조대에 걸린 옷걸이가 소리 없이 흔들리고 있었다. 알 수 없는 어떤 존재가 지나간 듯했다. 티브이를 틀자 손석희 앵커가 경주 지진 소식을 보도하고 있었다. 조금 전의 그것이 지진이었음을 비로소 알았다. 멍했다. 지진인 줄 몰랐던 것은 처음 겪는 경험이었고, 한국은 지진 안전지대라는 고정관념의 영향인 듯했다.

지진 뉴스를 보고 있는데 돌연 벽과 천장이 흔들렸다. 티브이에서는 손석희 앵커와 전화 인터뷰를 하던 시민의 공포에

질린 목소리가 흘러나왔다. 벽과 천장이 저렇게 계속 흔들리면 무너지겠구나, 생각했다. 그 순간 떠오른 것이 원전이었다. 몸이 느끼는 두려움이 커지고 있었다.

한국은 국제 환경 보호 단체 그린피스 감시 대상 1호 국가다. 원전의 국토 면적당 설비 용량, 단지별 밀집도, 반경 30킬로미터 이내 인구수 모두 세계 1위이기 때문이다. 고리원전의 경우 반경 30킬로미터 이내에 380만 명이 거주한다. 참사 전 후쿠시마 거주 인구는 17만 명이었다. 원전의 밀집도가 높을수록 사고 확률은 기하급수적으로 올라간다. 그런데도 박근혜 정부는 지난 6월 신고리 5·6호기 건설 허가를 승인했다. 나중에 밝혀졌지만 정부는 경주 지진의 원인으로 지목된 양산단층과, 고리원전 단지와 인접한 일광단층이 활성 단층이라는 연구 결과를 알고도 숨겼다. 원전을 짓기 위해 지진 발생 가능성을 은폐한 것이다.

원전 건설 허가 요건 중 하나인 방사선 환경 영향 평가에서 법이 요구하는 '중대 사고' 영향 평가를 하도록 돼 있다. 하지만 신고리 5·6호기 건설 승인 과정에서 이 평가가 없었다. 한국원자력연구원과 캐나다 원자력공사 등에서 원전 설계 기술자로 일했던 이정윤 원자력안전과미래 대표의 시뮬레이션 결과 신고리 5·6호기에 중대 사고가 발생했을 경우 7일 이

내 1만 6,240명이 죽고, 50년 동안 280만 명이 방사능 노출로 인한 암 등의 질병으로 사망하는 것으로 계산되었다.

그린피스는 지난 9월 12일 서울행정법원에 신고리 5·6호기 건설 허가 취소 소송을 제기했다. "활성 단층이 가장 많이 분포하는 지역에 신규 원전을 추가하면서 지진 위험성 평가가 불충분했고, 주민 의견도 수렴하지 않는 등 절차상의 문제도 있다."고 소송 이유를 밝혔다. 경주 지진이 일어나기 직전이었다.

"오늘날 30여 개 국에서 443기의 원자력 발전소가 가동 중이다. 미국 104기, 프랑스 58기, 일본 55기, 러시아 31기, 그리고 한국에 21기가 있다. 종말을 앞당기는 데 충분한 개수다. 그중 20퍼센트가 지진 위험 지역에 있다. 소비는 끝없이 증가하고, 많은 사람들이 그것을 발전이라 부른다. 살상 무기가 개발되어도 그들에게는 발전이다. 히로시마와 나가사키, 체르노빌을 겪은 인류는 핵 없는 세상을 향해 갈 것만 같았다. 하지만 우리는 여전히 체르노빌의 공포 속에서 살아간다. 내가 쓴 책은 과거의 사건이지만, 미래를 닮았다."

2015 노벨문학상 수상 작가 스베틀라나 알렉시예비치의 작품《체르노빌의 목소리》한국어판 서문의 일부다. 그의 모국 벨라루스는 체르노빌 원전 사고로 국토 면적의 3분의 2가 방

사능 오염 지역이 되었고, 그 후 10년 동안 사망률이 23.5퍼센트 증가했다.

비극적 사건의 유일한 가치는 인간에게 성찰을 불러일으키는 데 있다. 2011년 후쿠시마 원전 참사는 1986년 체르노빌 원전 참사에 이어 문명의 존재 형태에 대한 근본적인 성찰을 요구하는 묵시록적 사건이었다.

경주 지진은 우리에게 새로운 가치관과 새로운 생활 방식을 요구한다. 생명의 문제이기 때문이다. 돌이켜보면 무엇 하나 생명의 문제가 아닌 것이 없었다. 재개발 문제, 비정규직 문제, 노사 문제 등 시민의 절박한 생존권 문제에서 생명의 존엄성이 국가 권력에 의해 가차 없이 내팽개쳐졌다. 모든 생명은 서로 연결되어 있다. 어떤 생명도 홀로 존재할 수 없다. 생명의 문제에서 나와 내 가족과 무관한 사건은 없는 것이다. 경주 지진은 이 사실을 극적으로 보여준 묵시록적 퍼포먼스였다. (2016년)

촛불의 미학

어둠의 바다를 표류하던 한국 사회가 나아가야 할 길을 발견한 것은 허허벌판 같았던 광장에 촛불이 켜지면서였다. 정치권은 물론 권력의 시선만을 좇으며 헌정 질서를 훼손해 왔던 검찰이 촛불의 궤적을 조심스럽게 따라오기 시작하면서 어둠 속에 묻혀 있던 진실들이 밝혀지기 시작한 것이다. "촛불은 바람이 불면 꺼지게 돼 있다."는 새누리당 김진태 의원의 말이 어처구니가 없었던 것은, 자신의 몸을 태워 어둠을 밝히는 촛불의 상징성을 몰각하고 있었기 때문이다.

촛불의 상징성에 누구보다도 깊은 관심을 가졌던 예술인이 러시아 영화감독 안드레이 타르콥스키(1932~1986)였다. 그는 영화 예술의 바탕을 인간의 존재 양식에서 찾았다. 그의 말에 따르면, 인간이란 비어 있는 세계의 지붕 밑에 고독하게 동떨어져 존재하는 것이 아니라 과거와 미래로 연결된 수많은 끈으로 이어진 상태로 존재한다. 그가 어떤 인간도 자신의 운명을 세계와 인류의 운명과 연관 지을 수 있다고 생각한 이유는 여기에 있다. 그러니 "전쟁과 사회적 궁핍, 갖가지 잔인한 고통의 위협에 직면한 상황 속에서 미래를 내다보며 서로를 발견하는 일은 인간의 성스러운 의무가 아닐 수 없다."고 천진하게, 스스럼없이 말할 수 있었을 것이다.

이러한 타르콥스키의 예술관이 심도 있게 구현된 영화가 여섯 번째 작품 〈노스탤지아〉(1983년)다. 러시아 시인 안드레이 고르차코프는 이탈리아의 성 카타리나 온천 마을에서 도메니코라는 노인을 만난다. 노인은 세상의 구원을 위해 자신의 희생이 필요하며, 구원을 실현하려면 두 곳에서 동시에 불을 밝혀야 한다고 역설한 후 고르차코프에게 또 다른 하나의 불을 밝혀 달라면서 초를 건넨다. 나중에 알게 되지만 노인이 밝히는 불은 자신의 몸을 태워 일으키는 불이며, 그것에 대응하는 불이 고르차코프가 들게 되는 촛불이다.

도메니코의 믿음을 받아들이지 못한 채 이탈리아를 떠날 채비를 하던 고르차코프는 도메니코가 로마 캄피돌리오 광장에서 사흘째 인류 구원에 대한 연설을 하고 있다는 사실을 알게 되고 급히 성 카타리나 온천 마을로 향한다. 그곳은 도메니코의 말에 따르면 촛불을 밝혀야 하는 특별한 공간이다. 도메니코가 세상의 구원을 희구하며 자신의 몸에 불을 지르고 있을 때 고르차코프는 작은 촛불을 들고 바람 부는 노천 온천의 이쪽에서 저쪽으로 불이 꺼지지 않기를 간절히 염원하며 조심조심 걷는다. 불이 꺼지면 도메니코의 희생이 덧없이 사라지기 때문이다.

돌이켜보면 아이들이 차갑고 캄캄한 바닷속에서 죽어 간 이유를 밝혀 달라고 눈물로 호소하던 세월호 유가족들의 모습 자체가 촛불이었다. 그 촛불 앞에서 사람들이 나타낸 행위들은 참으로 다양했다. 대통령은 냉담했고, 대통령의 호위 무사 같은 사람들은 "세월호 참사는 기본적으로 교통사고다.""제대로 단식하면 벌써 실려 가야 되는 게 아닌가." 등등 차마 입에 담을 수 없는 말들을 쏟아냈다. 하지만 그들의 눈에는 보이지 않는 수많은 사람들이 마음속에 '또 다른 하나의 불'을 켜고 있었다.

독일의 유력 언론 〈프랑크푸르터 알게마이네 차이퉁〉은 대통령 탄핵 소추안 국회 가결을 이끈 한국의 촛불 시위를 "촛불과 노래, 공연이 하나로 어우러진 빛의 축제"로 묘사하면서 "멀지 않은 과거에 독재를 경험한 한국에서 수준 높은 시위와 민주주의를 보여줬다. 민주주의 역사가 긴 유럽과 미국이 오히려 배워야 할 것"이라고 높이 평가했다. 세월호의 촛불을 바라보며 수많은 사람들이 마음속에 켜고 있었던 촛불이 광장에서 빛의 바다를 이룬 것이었다.

예술 작품에서 문제적 인간의 내면은 세계의 내면이다. 고르차코프의 촛불이 문제적 인간인 도메니크의 희생을 밝히는 것은 세계의 내면을 밝히는 일이다. 고르차코프는 촛불을 들고 희뿌연 수증기가 피어오르는 노천 온천 속을 조심조심 걷지만 몇 걸음 만에 촛불이 꺼진다. 카메라는 바람에 꺼진 촛불을 다시 켜고 고통스럽게 걸어가는 고르차코프의 모습을 묵묵히 보여준다. 몇 차례 실패 끝에 마침내 '저쪽'에 도달한 그의 얼굴은 희망으로 빛난다. 한국 사회의 '저쪽'은 어디일까? 우리가 촛불을 꺼뜨리지 않고 '저쪽'을 향해 쉼 없이 나아가야 하는 이유는 참으로 오랜만에 서로에게서 희망으로 빛나는 아름다운 얼굴을 보았기 때문이다. (2016년)

국민을
두려워하지 않은 죄

3월 10일 헌법재판소는 "피청구인을 파면함으로써 얻는 헌법 수호의 이익이 대통령 파면에 따르는 국가 손실을 압도할 정도로 크다."고 밝히면서 "피청구인 대통령 박근혜를 파면한다."고 선고했다. 그 이후 국민의 관심은 박근혜 전 대통령이 헌재 결정을 어떻게 받아들일 것인가로 옮겨졌는데, 3월 12일 저녁 청와대를 떠날 때까지 침묵하던 그는 삼성동 사저 앞에서 지지자들에게 둘러싸인 가운데 민경욱 자유한국당 의원의 입을 빌려 "시간이 걸리겠지만 진실은 반드시 밝혀진다고 믿고 있다."고 말함으로써 헌재의 선고를 못 받아들이겠다는 의사를 공식적으로 밝혔다. 그 메시지는 '대통령에게 국가란 무엇이며, 국민이 어떤 존재여야 하는가?'라는 지극히 기본적이고 상식적인 물음을 떠올렸다.

국가라는 생명체가 박근혜의 삶 속으로 구체적으로 파고든 것은 1974년 어머니 육영수의 불의의 죽음으로 퍼스트레이디 역할을 시작하면서부터였을 것이다. 당시의 유신 체제는 국가를 박정희라는 한 개인에게 종속시켜버림으로써 민주주의를 매장했다. 허망한 가정이지만, 박정희가 유신 체제를 구축하지 않았다면 육영수와 그 자신의 비극적 죽음이 없었을 뿐 아니라, 다수의 국민으로부터 대한민국을 빈곤에서 벗어나게 한 대통령으로 존경받았을 것이며, 1인 권력 체제하에서 누적되어 온 정치·경제·사회·문화적 폐해가 지금까지 이어져 오면서 한국 사회의 발전을 가로막지 않았을 것이다. 민주주의가 정말 필요한 시기에 박정희는 민주주의를 압살한 것이다. 이런 기형적인 정치 체제 속에서 22세부터 27세까지 5년 동안 퍼스트레이디 역할을 한 박근혜의 내면에 국가와 국민이 어떤 모습으로 새겨졌을까?

삼성동 자택 앞에서 지지자들을 대하는 박근혜의 모습을 보면 그에게 국민이란 자신이 어떤 짓을 해도 변함없이 지지하는 사람들임을 알 수 있다. 탄핵 인용 전에는 탄핵을 반대한 20퍼센트 내외의 사람들, 탄핵 인용 후에는 헌재 선고에 승복하지 않는 8퍼센트 내외의 사람들만이 국민인 것이다. 그러니 국민을 두려워하는 마음이 생길 수가 없었을 것이다. 대통령

재임 중에 박근혜가 저지른 이해할 수 없는 수많은 행위들은 국민에 대한 두려움의 부재에서 비롯된 것이었다.

〈뉴욕 타임스〉는 헌재의 탄핵 인용에 대해 "한국의 젊은 민주주의가 훌륭하게 진화했음을 증명했다. 시민들은 대통령 퇴진뿐만 아니라 지난 수십 년간 한국을 지배해 온 정치 질서에 저항함으로써 구질서를 대표하는 박정희 체제가 더 유지될 수 없음을 보여주었다."라고 평가하면서 "박정희 체제의 또 다른 유산인 '종북 프레임'도 흔들릴 것이다. 박정희가 정치적 반대자들에게 용공 혐의를 덮어씌워 고문하고 억압했던 것처럼, 박근혜는 그를 반대하는 작가 수천 명에게 '종북' 딱지를 붙여 블랙리스트로 관리했다. 이번 탄핵 인용으로 박정희 체제를 떠받쳐 온 냉전 보수 세력들은 압박을 받을 것"이라고 보도했다.

대통령이 국민을 무서워하지 않았기에 국민이 스스로 일어나 민주주의의 원칙인 '주권 재민'을 실천한 것이다. 외신들이 한국의 정치 변혁을 높이 평가한 데에는 평화로운 시위가 큰 역할을 했다. 시민들의 비폭력 저항 정신이 이룬 결실은 유신 체제에서 전두환 체제에 이르는 독재 정권에 온몸으로 저항하여 민주주의를 일으킨 '젊은 영혼'들의 장엄한 희생의 역사가 있었기에 가능했다고 나는 생각한다. 그분들의 희생을 우리가 잊지 말아야 하는 것은 그들의 희생은 우리를 대신한 희생이었기 때문이다.

'친박 단체'들이 집회에서 "탄핵 배후는 북한"이라면서 '계엄령 선포'를 주장한 것은 독재 체제의 폭력 시스템에 중독되어 있었기 때문이다. 그들은 "주권은 국민에게 있고 모든 권력은 국민으로부터 나온다."는 헌법 1조를 짓밟음으로써 자신을 스스로 국가의 주인에서 노예로 전락시켰다. 독재 체제는 헌법 1조를 짓밟지 않고서는 성립이 불가능하다. 이 본질적 문제에 대해 한국의 보수 세력들은 성찰을 제대로 하지 않았다. 그 결과가 박근혜 정부의 파탄이었다.

"공화국 프랑스는 관용으로 건설되지 않았다."는 말이 있다. 과거의 잘못을 제대로 청산했기에 공화국 프랑스가 이루어졌다는 의미다. 이 말에 기대면 공화국 대한민국 민주주의의 진정한 발전은 과거의 잘못을 제대로 밝히는 데에서 시작되는 것이다. 박근혜 최순실의 국정 농단을 투명하게 밝혀야 하는 이유는 여기에 있다. (2017년)

문재인의 운명

"당신은 이제 운명에서 해방됐지만, 나는 당신이 남긴 숙제에서 꼼짝하지 못하게 됐다."

문재인 대통령께서 쓰신 회고록《운명》의 마지막 문장입니다. 회고록의 제목 '운명'이라는 말 속에는 두 개의 의미가 겹쳐 있습니다. 첫 번째 의미는 노무현 전 대통령의 운명입니다. 비극적 죽음으로 수렴될 수밖에 없는 노무현의 운명을 대통령께서는 아프게, 간절한 그리움으로 들여다보면서 그 운명의 살과 뼈, 피와 눈물을 조탁하고 있습니다. 노무현 전 대통령이 스스로 목숨을 끊은 것은 평생을 바친 삶의 가치를 지키기 위함으로 비칩니다. 자신에게 가장 소중한 것을 지키려면 무언가를 버려야 합니다. 그분이 버린 것은 자신의 생명이었습니다. 그분에게 죽음은 삶의 행위였던 것입니다.

두 번째 의미는 '문재인의 운명'입니다. 대통령께서는 노무현의 운명 속에서 노무현과 함께 사셨습니다. 노무현의 운명 속에 문재인의 삶이 숨쉬고 있는 것입니다. 그러므로 노무현의 운명이 문재인의 운명 속으로 흘러들어갈 수밖에 없었을 것입니다. 이 중첩된 운명의 결과가 '대통령 문재인'이라고 생각합니다. 노무현의 운명이 완성되면서 문재인의 운명이 새롭게 시작된 것입니다.

5월 대선은 광장에서 촛불을 든 시민들의 간절한 염원의 결실이었습니다. 문재인 대통령께서 2012년 12월의 대선 패배 이후 촛불을 처음 든 것은 2013년 9월 23일 서울광장에서 열린 천주교 시국 미사 촛불 집회에서였습니다. 집회의 표어는 "거짓의 암흑에 맑은 빛으로 답하라"였습니다. 대통령께서는 기자의 질문에 "교인의 자격으로 참석했다."면서 "간절한 마음으로 기도하겠다."고 말했습니다. 그 간절한 마음들이 세월호의 통절한 슬픔을 겪으면서 세계인을 놀라게 한 '촛불 혁명'을 이룬 것입니다.

2014년 8월 16일 광화문 광장에서 34일째 단식을 이어 가던 세월호 유가족 김영오 씨의 손을 놓지 않고 그의 말에 귀를 기울였던 프란치스코 교황의 모습이 잊히지 않습니다. 교황은 '인간의 존엄성을 모독하는 죽음의 문화'에 맞서 싸우라고 인류에게 호소해 왔습니다.

'죽음의 문화'라는 말을 먼저 쓴 분이 있습니다. 1984년과 1989년 한국을 두 차례 방문하여 한국 103위 순교자 시성식을 거행하고, 남북 화해와 평화를 기원했던 교황 요한 바오로 2세입니다. 사회주의 국가 붕괴 이후 자본주의 병폐에 관심을 쏟았던 그분은 "자본주의 사회가 죽음의 문화에 침식되고 있다."고 경고하면서 "죽음의 문화는 합법적인 사회 제도 형태를 갖추고 인간의 존엄성을 파괴하는 불의, 차별, 착취, 허위와 폭력을 행사하고 있다."고 개탄했습니다.

지금 한국 사회는 '헬조선'이라는 신조어가 이야기될 정도로 죽음의 문화에 깊숙이, 광범위하게 침식되고 있습니다. 베를린 장벽이 붕괴된 것은 1989년입니다. 베를린 장벽의 붕괴는 냉전 체제가 무너졌음을 뜻하며, 냉전 체제의 틀인 반공 이데올로기가 무너졌음을 뜻합니다. 하지만 19대 대선 토론회에서 북한을 두고 '주적 논쟁'이 일어날 정도로 한국 사회는 여전히 냉전이라는 죽음의 문화에 둘러싸여 있습니다.

국토 남동쪽 바닷가 곳곳에 묵시록적 재앙이 내재된 원전이 있습니다. 그동안 중수 누출, 배관 누수 같은 심각한 사고가 여러 차례 일어났습니다. 특히 지난번 지진 이후 원전의 안전이 심각하게 위협받고 있습니다. 원전은 경제의 문제가 아닙니다. 생명의 문제입니다. 국토의 젖줄인 강이 죽어 가고 있으며, 공기마저 미세 먼지에 잠식되고 있습니다. 노동의 가치는 땅바닥에 뒹굴고, 수많은 임금 생활자는 저임금과 과잉 노동에 신음하고 있습니다. 경쟁 위주의 교육 시스템에 포박된 청소년들과 삼포 세대라 불리는 청년들은 꿈을 버리고 있습니다. 그럼에도 우리가 희망을 잃지 않는 것은 광장을 환히 밝혔던 촛불의 간절함을 가슴에 간직하고 있기 때문일 것입니다.

간절함은 고통에서 나옵니다. 사람에 대한 사랑과 인간의 존엄성에서 비롯되는 고통입니다. 우리의 삶은 행동의 끊임없는 연결로 이루어집니다. 가장 아름다운 행동은 사람에 대한 사랑과 인간의 존엄성을 위한 행동일 것입니다. 여기에서 요구되는 것이 고통입니다. 국민은 문재인 대통령께 간절함을 요구할 것이며, 간절함의 원천인 고통을 요구할 것입니다. 저는 믿습니다. 대통령께서 고통을 기쁘게 받아들이리라는 것을. 왜냐하면 그것은 문재인의 운명이기 때문입니다. (2017년)

방송의 주인은
누구인가

"대통령께서 언론을 망친 파괴자라는 비판이 있는
데 어떻게 생각하십니까?"

"그게…… 난 무슨 말인지 못 알아듣겠는데?"

다큐 영화 〈공범자들〉 시퀀스의 대사이다. 질문하는 이는 〈공
범자들〉의 감독이자 해직 언론인 최승호이고, 답하는 이는 이
명박 전 대통령이다. 질문을 듣는 순간 그가 짓는 얼굴 표정이
압권이다.

돌이켜보면 권력의 사유화에 대한 이명박의 집착은 특별했
다. 권력을 사유화하려면 먼저 언론을 장악해야 한다는 사실
을 잘 알고 있었던 그는 좌고우면하지 않았다. 언론 장악의 첫
번째 작업이 2008년 3월 방송통신위원회 설치와 자신의 측근
인 최시중 방송통신위원장 임명이었다. 그해 7월 역시 측근인

구본홍을 와이티엔(YTN) 사장으로 앉힌 이명박은 8월에는 정연주 한국방송(KBS) 사장을, 2010년 2월에는 엄기영 문화방송(MBC) 사장을 끌어내린 후 권력에 적극적으로 순응하는 이들을 앉혔다. 사기업 메이저 언론들이 상업적·정치적 이데올로기에 매몰되어 언론의 역할을 제대로 하지 못하는 상황에서 공영 방송들이 무너진 것이다.

언론은 올바른 정보와 지식을 바탕으로 해 현실을 좀 더 정확히 들여다볼 수 있는 담론을 생산해야 한다. 이 담론들의 건강한 순환이 민주주의라는 생명체를 건강하게 한다. 하지만 이명박 정권의 부역 언론들은 거짓 담론을 생산하여 민주주의의 숨통을 조였다. 이명박 정권이 집요하게 추진한 4대강 사업이 야당과 시민 단체, 국민들의 반대에 직면하자 종북 좌파라는 거짓 담론을 유포해 반대자들의 입을 틀어막으려 했다.

2009년 쌍용차 노동자 2,646명의 정리 해고와 77일의 파업, 경찰의 폭력적 강제 진압에 뒤이은 해고 노동자들의 잇단 죽음은 한국 사회가 건강한 생명체로 기능하기 위해 지녀야 할 최소한의 기준이 무너졌거나, 무너지고 있는 표징이었다. 그것에 대해 몇몇 진보 언론들은 현실에 접근하는 담론을 생산해내려고 애를 썼으나 공영 방송을 비롯한 메이저 언론들이 기존의 정치적·이념적 잣대로 보도함으로써 깊이 병든 한국 사회에 절실히 필요한 담론의 확산을 막았다.

민주주의의 무너짐은 국민의 불행만이 아니다. 민주주의를 무너뜨린 정권에도 불행이다. 언론의 건강한 담론은 과거와 현재를 올바르게 연결시킴으로써 미래를 비추는 등불 역할을 한다. 이런 역할을 언론이 제대로 했다면 이명박 정권이 브레이크 없는 권력 열차를 타고 국민과 국토를 그토록 폭력적으로 헤집고 다니지 못했을 것이다.

이명박 정권을 거치면서 황폐해진 저널리즘이 결과적으로 박근혜 정권의 극적인 몰락에 큰 역할을 한 것은 역사의 아이러니다. 최순실이라는 존재를 진작부터 알고 있었던 메이저 언론들이 대선 후보 박근혜, 대통령 박근혜를 얼마나 휘황하게 미화했는지 생각해보라. 언론이 국민을 대상으로 '마약 공급상' 역할을 하는 동안 박근혜와 최순실은 국정을 마음껏 농단했다. 언론이 생산하는 담론에 국민이 성찰하고 질문하기 시작한 것은 세월호 참사를 겪으면서였다. 세상에서 가장 소중한 생명들의 희생이 캄캄한 한국 사회에 빛을 비춘 것이다.

공영 방송 수장과 간부들이 공영 방송을 되찾으려는 언론인들에게 가한 행위, 사람에 대한 최소한의 예의마저 내팽개친 그들의 참담한 행위와 저항 언론인들의 치열하고 끈질긴 싸움은 국민에게 제대로 알려지지 않았다. 언론인으로서 '상식적

인 소명'을 지키고자 권력과 싸워 온 그들이 가장 두려워한 것
은 자신들의 싸움이 국민으로부터 잊히는 것이었다. 그 두려
움이 그들로 하여금 지금 상영 중인 〈공범자들〉과 2017년 1월
에 상영한 〈7년-그들이 없는 언론〉을 만들게 한 것이다. 언론
부역자들의 전횡으로 공영 방송이 황폐화되어 가는 과정과 방
송 언론인들의 고통스러운 저항의 역사가 두 다큐 영화에 생
생히, 아프게 담겨 있다.

2012년 12월 대선에서 박근혜의 당선이 이명박 정권의 공
영 방송 파괴에 저항하고 있던 언론인들을 얼마나 절망케 했
는지, 나는 잘 알고 있다. 이용마 MBC 해직 기자의 암 투병은
그들의 절망을 상징한다. 언론인의 절망은 민주주의의 절망이
다. KBS, MBC 두 공영 방송 언론인들이 고대영, 김장겸 사장
퇴진 등을 요구하며 9월 총파업을 결의했다. 이 파업에 국민
이 깊은 관심을 가져야 하는 이유는 공영 방송의 진짜 주인은
국민이기 때문이다. (2017년)

'나의 죽음',
'우리의 죽음'

　　2017년이 저문다. 촛불 시민 혁명과 박근혜 탄핵 파면, 문재인 정부 출범과 적폐 청산 등 올해 우리가 겪은 정치적 격랑은 드라마틱했다. 정치적 격랑의 주체는 2016년 겨울에서 2017년 봄까지 촛불 광장을 지킨 1천7백만 시민이었다. 촛불 시민 혁명이 세계를 놀라게 한 가장 큰 이유는 자본주의 위기의 심화와 함께 세계의 민주주의가 후퇴하는 가운데 국민이 원하지 않은 정부를 가장 평화로운 방법으로 무너뜨렸다는 데에 있다. 독일 프리드리히 에버트 재단이 촛불 시민에게 '2017년 인권상'을 수여한 것과, 프란치스코 교황이 12월 25일 성탄 메시지에서 한반도 평화를 기원한 것은 촛불 시민 혁명이 캄캄해져 가는 세계의 하늘에 진실의 불꽃, 희망의 불꽃을 쏘아 올렸기 때문일 것이다.

진실의 힘은 스스로 시간을 창조하여 영혼을 정화하는 데에 있다. 촛불 시민들의 영혼은 진실이 창조한 시간에 정화되어 '역사의 영혼'이 되었다. 어떤 영혼도 혼자일 수밖에 없다. 동시에 어떤 영혼도 혼자인 적이 없다. 이 영혼의 이중성이 하나로 겹칠 때, 그러니까 '나의 영혼'이 '우리의 영혼'이 될 때 그 영혼은 '역사의 영혼'으로 변화한다. 시민들의 영혼이 역사의 영혼으로 변화하기 시작한 것은 2016년 겨울을 환하게 밝힌 촛불 광장에서였다.

역사의 영혼은 권력의 영혼과 근원적으로 다르다. 서로 다른 그 생명체들은 마주 달리는 기차의 모습과 흡사하다. 역사의 변혁은 두 생명체의 충돌을 통해 일어난다. 촛불 광장에서의 평화로운 혁명은 기적이었다. 이 기적을 누가 일으켰을까?

산 자의 영혼만이 역사의 영혼으로 변화할 수 있는 것은 아니다. 죽은 자의 영혼도 역사의 영혼으로 변화한다. 어떤 죽음도 혼자일 수밖에 없다. 동시에 어떤 죽음도 혼자인 적이 없다. 이 죽음의 이중성이 하나로 겹칠 때, '나의 죽음'이 '우리의 죽음'이 될 때 그 죽음은 역사의 영혼으로 변화한다. 1919년 기미독립운동에서 1960년 4·19 혁명을 거쳐 1980년 '5월 광주'와 함께 80년대 민주 항쟁의 기나긴 시간 동안 수많은 죽음들이 역사의 영혼이 되었다.

5월 광주는 계엄령을 선포하고 군대를 동원하면 정치적 위기를 타개할 수 있다는 군부 세력의 오래된 생각에 쐐기를 박은 사건이었다. 광주 시민들의 죽음에 이르는 저항이 5공 정권의 비민주적 본질을 세계인들에게 여지없이 드러냄으로써 정권의 도덕적 토대를 무너뜨렸던 것이다. 1987년 6월 민주 항쟁이라는 국민적 궐기에 직면했던 전두환 정권이 군대를 동원하지 못한 것은 광주의 기억 때문이었다. 5월 광주는 6월 민주 항쟁이 이룩한 '87년 체제'의 모태였다.

2016년 겨울에서 2017년 봄까지 1천7백만 시민들이 든 촛불이 평화롭게 출렁거릴 수 있었던 것은 죽음의 노래가 만장처럼 펄럭였던 5월 광주와 1987년 민주 항쟁에서 흘러나온 역사의 영혼들이 촛불의 바다를 에워싸고 있었기 때문이다. 촛불 시민 혁명이 일으킨 기적의 주체는 역사의 영혼들이었다. 촛불 시민 혁명으로 탄생한 문재인 정부의 역사적 책무가 엄중한 이유는 여기에 있다.

'이게 나라냐'라는 겨울 광장의 외침에는 공정한 사회, 양심과 원칙이 존중받는 나라에 대한 그리움과 열망이 응축되어 있다. 1천7백만 시민을 겨울 광장으로 끌어들인 원동력은 그리움과 열망의 밀도와 깊이였다. 한국 사회에서 양심과 정의와 원칙을 지키는 시민들이 오히려 박해를 받아 온 것은 해방 이후 적폐 청산을 제대로 한 적이 없었기 때문이다. "어제의 죄악을 오늘 벌하지 않는 것은 내일의 죄악에 용기를 주는 것"이라는 카뮈의 말은 한국 현대사를 적확하게 관통한다. 이 관통의 모습, 그 모습이 불러일으키는 모멸감과 슬픔, 모멸감과 슬픔의 못에 박혀 깊고 어두운 골짜기에 매달려 있는 역사의 육신. 촛불 시민 혁명은 고통스러운 역사의 육신을 다시 비추고 있다.

적폐 세력들은 못에 박힌 역사의 육신을 견디지 못한다. 진실이기 때문이다. 그들에게 진실은 그들의 안온한 존재의 집을 헤집는 흉기와 같다. 그들이 진실을 끊임없이 은폐하고 훼손하고 왜곡하는 이유는 여기에 있다. 그들에게 필요한 것은 거짓된 현재만을 비추는 뒤틀린 역사의 거울이다. 뒤틀린 역사의 거울에 갇혀 적폐 청산을 무산시키려는 그들의 집요하고 강고한 정치 · 경제 · 사회의 권력 카르텔을 문재인 정부는 두려워하지 말아야 한다. 문재인 정부가 진실로 두려워해야 하는 것은 못에 박혀 깊고 어두운 골짜기에 매달려 있는 역사의 육신이다. (2017년)

이명준은 왜 바다에
투신했을까

1989년 11월 베를린 장벽의 붕괴를 기점으로 소비에
트 해체가 이루어지고 동유럽 사회주의가 와해되면서 한국 사
회 변혁 운동가들은 '절대적 객관성'이라는 역사의 등불을 잃
어버렸다. 이들이 사상의 거처를 찾아 뿔뿔이 흩어진 지 25년
남짓 지난 2016년 10월, 변혁 운동가들과는 성격이 전혀 다른
평범한 시민들이 촛불을 들고 거리와 광장에 모이기 시작했
고 2017년 5월까지 1천7백만 개의 촛불로 분노와 슬픔에 싸
인 한국 사회를 환하게 밝혀 문재인 정부를 탄생시켰다. 문재
인 정부는 분단과 냉전의 상징인 판문점에서 남북 정상 회담
이라는 새로운 역사의 등불을 켜 한반도를 넘어서서 동북아시
아 전체를 비추고 있다.

역사적 사건은 세계와의 총체적 연관성 속에서 현전한다.

촛불 혁명이 문재인이라는 역사적 존재와 만나지 않았다면, 문재인 정부가 출범할 때 북의 지도자가 김정은이 아니었다면 판문점 남북 정상 회담은 현전하지 않았을 것이다. 판문점 회담이 그전의 평양 회담과 다른 것은 북미 정상 회담을 견인하기 때문이다. 3년간의 처참한 전쟁 후 남북이 서로에게 주적이 되어 65년 동안 고통스러운 출혈을 해 온 한반도 냉전 체제가 평화 체제로 변화하리라는 기대가 높은 이유는 여기에 있다.

미군정과 친일 세력의 도움으로 수립된 이승만 정부는 한국전쟁을 거치면서 아시아 최강의 반공 군대를 만들어 국가를 병영화했다. 전쟁 자체가 악마적 참상이었기에 공산주의와 북한을 악마화하는 정치적 작업에 어려움이 없었다. 이승만이 민주주의를 파괴할 수 있었던 것은 반공이라는 절대적 도그마(교리)가 있었기 때문이다. 도그마가 무서운 것은 진실을 은폐하고 조작하기 때문이다. 중세의 도그마는 그들의 세계관과 어긋나는 진실을 화형의 대상으로 만들었다. 민주주의는 사상과 양심의 자유를 지향한다. 하지만 반공 도그마는 사상범과 양심범을 흉악범보다 더 가혹하게 단죄하는 국가 시스템을 구축하여 그들의 인권을 유린했다. 이 체제에 대한 시민의 저항이 4·19 혁명이다.

소설가 최인훈이 1960년 10월 월간지 〈새벽〉에 《광장》을 발표하면서 "아시아적 전제의 의자를 타고 앉아서 민중에겐 서구적 자유의 풍문만 들려줄 뿐 그 자유를 '사는 것'을 허락지 않았던 구정권하에서라면 이런 소재가 아무리 구미에 당기더라도 감히 다루지 못하리라는 걸 생각하면서 빛나는 4월이 가져온 새 공화국에 사는 작가의 보람을 느낍니다."라는 소감을 밝혔다.

남한의 정치 현실에 절망하여 월북했으나 북한의 정치 현실에도 절망한 《광장》의 주인공 이명준이 판문점이라는 역사적 공간으로 들어간 것은 전쟁 포로가 되었기 때문이다. 송환지로 남과 북을 거부하고 중립국을 선택한 이명준은 인도로 향하는 배 타고르호를 탔으나 그 땅에 발을 딛지 않는다. "크레파스보다 진한, 푸르고 육중한 비늘을 무겁게 뒤채면서, 숨을 쉬는" 바다에 투신한 것이다. 아시아 최초의 시민 혁명인 4·19 혁명의 광채 속에서 태어난 이명준은 왜 바다에 투신했을까? 부활이 필요했기 때문이라고 나는 생각한다. 부활은 죽음이라는 통과 의례를 거쳐야만 이루어지는 '찬란한 사건'이다. 최인훈은 4·19 혁명의 광채 속에서 '찬란한 사건'에 대한 예감과 희망을 품지 않았을까. 그러나 4·19 혁명은 이듬해 5월 군부 쿠데타에 짓이겨졌다.

최인훈은《광장》1989년판 머리말에서 "이 소설의 주인공이 겪은 운명의 성격 탓으로 나는 이 주인공을 잊어버릴 수가 없다. 주인공이 살았던 것과 그렇게 다르지 않은 정치적 구조 속에 여전히 필자는 살고 있기 때문"이라고 썼다.《광장》이 6개의 판본을 갖고 있는 것은, 새 판본이 나올 때마다 새로운 머리말과 함께 소설이 변화한 것은 이명준이 최인훈의 소설적 자아이며, 분단된 나라의 고통을 겪는 한국인의 상징으로 최인훈의 가슴속에 숨쉬고 있기 때문일 것이다.

문학평론가 김현이《광장》해설에서 "정치사적 측면에서 보자면 1960년은 학생들의 해이었지만, 소설사적인 측면에서 보자면《광장》의 해이었다고 할 수 있다."라고 쓴 가장 큰 이유는 한반도 분단 체제를 거부한 이명준의 실존적 선택과 죽음이 품고 있는 정치적, 미학적 메타포의 깊이 때문이라고 나는 생각한다.

두 개의 주소(경기도 파주시와 개성직할시)를 동시에 갖고 있으며, 이명준의 비극적 생애가 응축된 판문점이 남북 정상 회담의 역사적 공간으로 세계의 주목을 받고 있다. 이명준을 기억하는 이들의 가슴에는 4·19 혁명의 광채 속에서 기다린 '찬란한 사건'이 마침내 판문점에서 일어날 것이라는 희망과 예감이 피어오르고 있을 것이다. (2018년)

히로시마와
난징

1945년 8월 15일 정오 제국 정부가 미·영·중·소의 공동 선언을 수락한다는 내용의 방송이 일왕 히로히토의 육성으로 방송이 일본 전역에 울려 퍼졌다.

"교전한 지 이미 4년, 짐의 육해군 장병이 용전(勇戰)하고, 짐의 백료유사(百僚有司, 관료)들이 여정(勵精)하고, 짐의 일억 중서(衆庶, 신민)가 봉공(奉公)하여 모두가 최선을 다하였으나 전국은 좋아지지 않고 세계의 대세 또한 우리에게 이롭지 못하다. 더하여 적은 새로 잔학한 폭탄을 사용하여 살상 침해는 이루 말할 수 없는 지경에 이르렀다."

미국 에머리대학에서 신학을 공부한 다니모토 기요시 목사는 히로시마 철도역 대형 스피커에서 흘러나오는 일왕의 목소리를 듣고 미국인 친구에게 보내는 편지에 "일본 역사상 참으로 놀라운 일이 일어났다. 평민에 불과한 우리에게 천황이 친히 임하셔서 옥음을 들려주시는 엄청난 축복에 모든 사람들이 굵은 눈물을 흘리며 울었다."고 썼다.

일본 제국주의를 응시하는 역사의 회랑에서 마주치지 않을 수 없는 두 도시가 있다. 히로시마와 난징이다. 1945년 8월 6일 오전 8시 15분, 거대한 섬광이 히로시마의 하늘을 가르면서 동쪽에서 서쪽으로, 시내에서 산 쪽으로 여러 갈래의 햇살이 뻗어 가는 것처럼 지나갔다. 히로시마를 순식간에 폐허로 만들고 14만여 명의 희생자를 낸 원폭의 첫 모습이었다.

도시 전체를 삼키는 화염을 피해 사람들은 강변으로 몰려들었다. 강 주위는 죽은 사람과 죽어 가는 사람들, 부상자들로 아비규환이었다. 누군가가 천황의 초상화가 강물에 떠내려간다고 외쳤다. 그 소리는 금방 주변으로 퍼져나갔다. 사람들은 천황의 초상화가 떠내려간다고 안타깝게 외쳤다. 부상자는 물론 죽어 가는 사람들도 벌떡 일어나 외쳤다. 초상화 구조 작업은 숨 가쁘게 진행되었다. 보트에 탄 사람들이 마침내 초상화를 건져 올리자 기쁨의 함성이 터졌다.

많은 일본인들이 태평양전쟁을 희생자의 관점에서 접근하는 것은 히로시마 때문이다. 그들에게 히로시마는 아우슈비츠와 함께 2차 세계대전의 상징으로 자리 잡고 있다. 대부분 일본인은 히로시마를 민족의 고난이 집약된 신성한 도시로 생각한다. 인류사에서 유일무이한 원폭 희생지이기 때문이다.

인류사에는 역사가들이 아무리 들여다보아도 보이지 않는 심연이 곳곳에 있다. 그 심연 앞에서 역사가의 언어는 무력하다. 일본군의 난징 학살에는 그런 심연이 있다. 난징 학살은 전쟁에서 공통적으로 발생하는 사건과 판이하게 다르다. 6주 동안 이루어진 학살의 속도와 규모는 세계 전쟁사에서 유례를 찾을 수 없다. 유럽의 어떤 나라도 2차 세계대전 동안의 총사상자 수가 난징을 능가하지 못한다.

일본 퇴역 군인 나가토미 하쿠토는 인터뷰에서 "난징에서 내가 목을 베거나 불태워 죽이고 산 채로 파묻은 사람이 2백 명이 넘는다. 천황을 제외한 모든 사람의 목숨, 심지어 나의 목숨조차 가치 없는 것이었기에 살인이 어렵지 않았다."고 고백했다. 종교든 이데올로기든 근본주의의 특징은 그들이 숭배하는 신적 존재를 위해서라면 어떤 행위도 용납된다는 데에 있다. 신적 존재의 품에 안긴 이들의 눈에는, 품에 안기지 못한 이들이 벌레처럼 하찮게 보인다. 벌레를 발로 뭉갰다고 해서 굳이 죄의식을 느낄 필요가 없는 것이다.

일본 제국주의 시절 일왕은 인간을 초월한 존재였다. 희귀한 갑각류와 미키마우스를 좋아했고, 영국식 조반을 즐겼던

한 인간을 신으로 섬긴 것이다. 인간을 초월한 존재에게 인간 세계에서 벌어진 일로 책임을 물을 수 없다. 일왕에게 책임을 물을 수 없다면 일왕의 신민에게도 책임을 묻지 못한다. 이런 어처구니없는 모순을 일본인들은 태연히 받아들인다. 승전국 미국이 일왕에게 전쟁 책임을 묻지 않았던 것은 일본을 효율적으로 통치하기 위함이었다.

나치 추종자들은 일본의 천황 이데올로기를 국가 형태와 국가 의식, 종교적 광신의 유일무이한 민족적 혼용으로 보았다. 자신들이 추구하는 것을 일본은 본능적 기질로 성취했다고 경탄한 데에는 충분한 이유가 있었다. 일본이 과거사에 대한 성찰과 반성을 외면하는 심리적 뿌리는 여기에서 찾아야 할 것이다.

민주주의 국가에서 대단히 희귀한 자민당 장기 집권과 극우 세력의 득세, 평화 헌법 개정에 대한 아베의 집착 역시 같은 맥락으로 보아야 한다. 한일 관계의 어려움은 여기에 있다. 이 어려움을 외면할 수 없는 것은 한일 관계가 동북아시아의 평화에 직접적으로 영향을 끼치기 때문이다. 한일 관계의 코페르니쿠스적 전환이 긴요한 시점이다. (2018년)

'경계인'의 춤

8일간 39개국 144편의 다큐멘터리 영화 잔치를 벌이는 DMZ국제다큐영화제의 홍형숙 집행위원장은 "남북한 평화 이슈에서 DMZ영화제는 뭔가를 실현해낼 수 있는 가능성이 무궁무진하다. 꿈꾸지 않으면 아무것도 시작할 수 없다. DMZ영화제가 문화의 거점으로서 평화에 실제로 기여해야 한다."며 "DMZ영화제 작품의 개성공단과 북한 상영, 남북 영화 교류, 남북 감독 공동 제작 등을 꿈꾸고 있다."고 밝혔다.

1953년 휴전 협정으로 탄생된 비무장 지대(DMZ)는 모순과 역설의 땅이다. 적대 시설 설치와 적대 행위를 금지하고 있음에도 중화기로 무장한 남북한 군대가 대치하고 있어 한반도에서 긴장이 가장 높은 지역이면서 다른 한편으로는 수많은 희귀 동식물이 사는 생명의 보고이기도 하다.

박찬욱 감독의 영화 〈공동경비구역 JSA〉는 비무장 지대에 주둔하는 남북한 군인들이 넘어서는 안 되는 선을 넘어 우정의 둥근 공간을 만듦으로써 군사 분계선의 의미를 자연스럽게 무화시키는 모습과, 그 행위로 인해 비극을 맞는 모습을 통해 분단의 폭력성과 비윤리성을 드러낸다. 비무장 지대라는 뜨거운 상징의 공간을 남한 사회 전체로 확장한 문제적 작품이 홍형숙 DMZ영화제 집행위원장의 다큐 영화 〈경계도시〉와 그 속편인 〈경계도시2〉다. '경계도시'는 분단 시절 독일 베를린의 별칭이다.

2002년에 개봉한 〈경계도시〉가 친북 인사라는 이유로 입국이 금지된 재독 철학자 송두율이 '경계인'으로 살아가는 개인적 모습을 담았다면, 2010년에 개봉한 〈경계도시2〉는 2003년 9월 귀국한 송두율을 둘러싸고 레드 콤플렉스에 휩쓸려 들어가는 남한 사회의 비이성적 공포를 담았다.

송두율은 자신의 저서 《경계인의 사색》(2002년)에서 "경계인은 경계의 이쪽에도 저쪽에도 속하지 못하고 경계선 위에 서 있는 탓에 좁은 수평대에 서 있는 체조 선수처럼 매우 불안정한 상태에 있다. 안정을 찾기 위해서는 넓은 수평대가 있어야 하는데 아직도 그것을 발견하지 못했다."고 경계인으로서의 실존적 상황을 토로했다.

송두율은 남과 북의 체제에 절망하여 수심의 깊이를 모르는 남지나해의 심연으로 투신한 소설《광장》의 비극적 주인공 이명준의 후예다. 그가 이명준과 다른 점은 남과 북의 경계선에서, 허공에 걸린 그 위태로운 줄 위에서 남과 북의 융화를 위한 자유의 춤을 추었다는 데에 있다.

그의 춤이 소중한 것은 삶의 공간이 될 수 없는 경계선을 삶의 공간으로 변화시켰기 때문이다. 그 공간은 대립하는 두 세계가 서로에게 섞여드는 공존의 공간이다. 이 창조적 공간의 진정한 가치는 스스로의 생명력으로 분단의 비윤리성과 불모성을 드러내면서 분단 구조를 내파하는 데에 있다. 남한의 수구 세력이 혈안이 되어 송두율을 물어뜯은 것은 그들이 송두율의 창조적 공간을 두려워했기 때문이다. 수구 세력이 '해방 이후 최대의 거물 간첩'이라는 '언어의 플래카드'를 펼치며 대대적인 이념 공세를 취하자 송두율을 보호하려 했던 진보 진영조차 레드 콤플렉스의 자장 안으로 휘감겨 들어가 그에게서 '죄'를 찾으려 했다.

〈경계도시2〉가 문제적 작품인 것은 남한 사회가, 우리가, '내'가 '경계인의 삶'을 외롭게 살아온 한 지식인에게 어떤 행위를 했는지를 질문하기 때문이다. 그 질문은 2003년 9월 송두율의 귀국과 한 달 후 구속 수감, 2004년 8월 항소심의 집행유예 선고로 출국, 2008년 4월 대법원의 최종 무죄 판결을 거치면서 끊임없이 변화한 생명체로서의 질문이었다.

2018년 4월 27일 비무장 지대 안의 판문점에서 세계가 주시하는 가운데 놀라운 광경이 펼쳐졌다. 김정은 위원장이 문재인 대통령의 손을 잡고 군사 분계선을 사뿐히 넘나든 것이다. 그 경계선이 품고 있는 측량할 수도 헤아릴 수도 없는 피와 주검을 생각하면 초현실적인 퍼포먼스였다. 그 퍼포먼스가 분단 패러다임의 혁명적 전환의 표징일 수도 있겠다는 생각이 든 것은 새소리와 바람소리만 고요히 들리는 도보다리 회담을 보면서였다.

비무장 지대만이 역설과 모순의 땅은 아니다. 한반도 자체가 역설과 모순의 땅이다. 역설과 모순의 중심에 분단이 똬리를 틀고 있다. 그동안 남북한 모두 평화 통일을 내세우고 있었음에도 그것을 위한 노력보다 분단을 이용한 권력 강화에 더힘을 쏟았다. 판문점 남북 정상 회담에서 본 희망이 미래로 이어져야 하는 이유는 여기에 있다. (2018년)

'양심적'
병역 거부 논란

국제앰네스티는 12월 4일 쿠미 나이두 사무총장의 '양심적 병역 거부자의 대체 복무제에 관한 공개 서한'을 청와대에 전달했다고 밝혔다. 서한의 핵심은 국제적 인권 의무와 유엔 자유권위원회의 권고에 따라 다양한 복무 분야가 제공돼야 하며, 대체 복무 기간이 개인의 양심 또는 신념의 진정성을 시험하는 수단이 되어서도, 양심의 자유라는 권리 행사에 대한 사실상의 처벌로 작용해서도 안 된다는 것과, 대체 복무를 군과 완전히 분리된 민간 행정 관할 아래 두어야 한다는 것이다. 이 서한은 대체 복무 방안을 36개월 교도소 근무로 가닥을 잡은 국방부 안에 대한 정면 비판이다. 유럽평의회 사회권위원회, 유엔 자유권규약위원회 등은 복무 기간이 현역의 1.5배를 초과할 경우 징벌적 성격이 있는 것으로 판단하기 때문이다. 국방부 안의 36개월은 현역 복무 기간의 두 배다.

시민 사회 단체와 국가인권위원회가 권고한 대체 복무 방안은 국제 인권 기준에 바탕을 둔 것이었다. 그럼에도 국방부가 국제 인권 기준에 어긋나는 안을 만든 데에는 여러 가지 이유가 있겠지만 '양심적 병역 거부'를 불편한 시선으로 바라보는 일부 국민들의 정서가 중요한 역할을 했을 것이다.

양심적 병역 거부의 역사는 일제가 징병제를 '조선인'까지 확대한 1944년부터 시작된다. 반일 감정으로 징병을 거부한 청년들과 달리 여호와의 증인 청년들은 전쟁과 관계된 일체 행위를 하지 않는 종교적 신념 때문에 징병을 거부하여 일제로부터 처벌받았다. 대한민국 정부하에서 양심적 병역 거부로 법적 처벌을 받기 시작한 것은 1950년대 후반이었다. 처벌의 양상이 달라진 것은 1973년 2월 박정희 대통령이 국민 총화를 저해하는 각종 병무 사범을 완전 근절하라고 지시하면서였다. 병무청은 대통령의 지시에 부응하여 병역을 거부하는 여호와의 증인들을 강제 입영시켰다. 하지만 그들은 집총을 거부하여 항명죄로 헌병대 영창에 수감되었다. 헌병대에서는 그들을 빨갱이라고 불렀다. 빨갱이가 아니고서는 그토록 모진 체벌을 참아낼 리가 없다는 것이었다.

2001년 12월 불교 신자와 평화주의자의 양심에 따라 병역을 거부한다는 오태양의 공개 선언은 병역 거부의 역사에 전환을 이루는 계기가 되었다. 그전까지 병역 혹은 집총 거부로 징역을 산 1만여 명의 청년들은 기독교 특정 종파 신자라는 이유로 편견과 무관심에 방치되다시피 했는데, 오태양의 선언 이후 종교와는 무관하게 윤리적 · 정치적 신념에 따라 병역을 거부하는 청년들이 늘어나면서 양심적 병역 거부가 특정 종교의 문제에서 한국 사회 구조와 연관된 문제로 떠오르게 된 것이다.

국제 사회에서 양심적 병역 거부가 인간의 기본권으로 받아들여지고 있음에도 한국 사회에서 최근까지 법적 처벌의 대상이 된 가장 큰 이유는 분단의 산물인 국가주의와 군사 문화의 영향 때문일 것이다. 적잖은 국민들이 대체 복무제가 병역 기피의 수단이 될 가능성을 우려하고, 종교적 신념과 양심이 국가 안보보다 우위일 수 있는지, 소수자에 대한 관용 때문에 병역 의무를 치르는 다수의 존재성은 무시해도 되는지에 강한 의문을 갖는 이유를 분단의 토양에서 찾을 수밖에 없다.

병역 의무가 '신성한 영역'으로 인식되는 한국 사회에서 병역을 거부함으로써 치르는 대가는 가혹하다. 전과자라는 낙인 때문에 정상적인 생활이 불가능하므로 간절한 실존적 동기 없이는 병역 거부를 선택할 수 없다. 양심적 병역 거부를 비판하

는 이들은 병역 의무를 치르는 다수의 청년들을 양심의 대척
점에 세워놓고 이들은 비양심적이냐고 묻는다. 그 물음은 개
인에게 존재하는 고유의 가치성을 부정할 뿐 아니라, 의도하
는 프레임을 만들기 위해 병역 의무를 치르는 다수의 청년들
을 도구로 사용하는 오류를 저지른다. 이 오류의 지점에서 양
심적 병역 거부에 대한 비판이 폭력으로 변화하는 것이다.

국가와 국민의 관계가 명령과 복종으로 이루어질 때 진실과
거리가 멀어진다. 국가 안보의 근간은 '진실을 아는 국민만이
국가를 사랑할 줄 안다'는 민주주의의 본질에 있다. 분단은 군
대를 비판이 허용되지 않는 특권 집단으로 만들어놓았다. 특
권 집단의 군사주의와 군사 문화는 한국 사회에서 가장 강력
한 이데올로기로 작동했고, 그 결과 군사주의와 군사 문화가
가정과 학교 등 사회 전반에 깊숙이 침투해 들어가 한국 사회
를 약육강식의 정글로 만드는 데 일정한 역할을 했다. 올바른
대체 복무제는 한국 사회의 변화와 긴밀하게 연결되어 있는
것이다. (2018년)

한중일 공동체를
상상한다

일본 해상 초계기가 한국 해군으로부터 추적 레이더 조준을 당했다는 일본 정부의 항의로 시작된 한일 갈등이 한 달 넘게 이어지는 가운데 1월 25일 〈아사히신문〉은 방위성의 한 간부가 "한국 피로증"을 거론하며 "일본 열도를 미국 서해안의 캘리포니아 앞바다로 옮기고 싶다. 그러면 북한도 보지 않아도 된다."고 말했다고 보도했다. 유아적이며 백일몽 같은 말이 일본 주류 신문에 보도되었다는 사실 자체가 놀랍기도 하면서, 한일 관계가 그만큼 비정상적이라는 반증으로도 보여 무척 씁쓸했다.

한일 관계의 어려움은 피해와 가해의 관계에서 동반 관계로 변화해야 하는 데에 있다. 역사는 해석이라는 그물망을 통해 모습을 드러낸다. 해석에 따라 역사의 모습이 달라지는 것이다. 민족주의 감정에서 벗어나 객관적 시각에서 한국과 일본이 공유할 수 있는 '기억 공간'을 찾는 노력이 중요한 이유는 여기에 있다. 이런 역사적 작업에 중국이 참여하면 한결 풍요로워질 것이다. 일본 식민 통치와 조선의 독립 운동 영역이 중국으로 확장되었기 때문이다.

국가 관계에서 백일몽 같은 말은 백해무익이다. 백일몽은 실현 불가능한 헛된 공상이지만 상상은 다르다. 상상은 예술의 근원이자 인류 문명의 근원이기도 하다. 자본주의 모순의 누적으로 세계가 피폐해져 가는 상황에서 동북아시아의 주축을 이루는 한국, 중국, 일본의 경제 공동체에 대한 상상을 해 봄직하다. 유럽연합을 생각하면 결코 지나친 상상이라고 할 수 없다.

유럽연합의 모태는 1, 2차 세계대전에서 적국이었던 프랑스와 독일이 적대 요인을 극복하고 평화 실현을 위해 1952년 설립한 유럽석탄철강공동체였다. 그것이 유럽경제공동체로 발전하였고, 1993년 마침내 유럽연합이 출범함으로써 '하나의 유럽'이라는 꿈을 구체화했다. '한중일경제공동체'를 이루어 내면 '아시아경제공동체'라는 새로운 꿈을 끌어당길 것이며, 더 나아가 '아시아연합'도 꿈꿀 수 있다. 유럽연합의 생성 과정을 깊이 들여다보아야 하는 이유는 여기에 있다.

2016년 6월 영국이 국민 투표로 브렉시트를 결정함으로써 유럽연합에 처음으로 균열이 생겼다. 브렉시트를 이끈 세 가지 동력은 2008년 금융 위기 이후 경제적으로 어려워진 남유럽 국가 지원으로 인한 재정 분담금 증대, 시리아 사태 이후 유럽으로 밀려들어 오는 난민과 이민자에 대한 독자적인 통제의 필요성, 독일과 프랑스가 주도하는 유럽연합에 '빼앗긴 주권'을 되찾아야 한다는 국가주의였다. 브렉시트의 주역은 '왜 우리가 내는 세금으로 우리보다 가난한 나라와 난민과 이민자를 도와야 하느냐'고 생각하는 사람들과 '대영제국'의 영광을 잊지 못하는 보수 세력이었다. 그 결과 영국은 지금 총체적 혼돈에 빠져 있다. 전문가들은 브렉시트 이후의 영국 경제에 대해 2차 대전 이후 최대의 위기가 올 것이라고 예측한다. "우리 할머니, 할아버지들이 우리와 우리의 미래를 사랑하기보다 외국인을 증오하기로 결정했다는 사실을 생각하면 정말 처참해진다." "나는 영국인이 아니다. 유럽인이다."라는 영국 청년들의 발언은 브렉시트의 본질을 관통한다. 이탈리아, 오스트리아, 프랑스, 독일, 스웨덴, 네덜란드, 체코, 헝가리 등에서 유럽연합 탈퇴를 외치는 이들이 모두 보수 극우 세력이라는 사실은 우리에게 시사하는 바가 크다.

한중일 공동체를 이루기 위해서는 세 나라 국민이 공감할 수 있는 공동체에서 출발해야 할 것이다. 그 공동체가 세 나라 사이의 차이와 갈등을 융화하면서 공동체의 영역을 점차 확대해 나가면 꿈처럼 보이던 것이 현실로 변화한다. 이 과정에서 지나친 민족주의와 국가주의가 완화될 것이고, 국경과 장벽이 낮아지고 허물어지면서 공존과 상생의 마음이 커질 것이다.

한중일 공동체의 첫걸음은 남북한의 공존이라고 나는 생각한다. 같은 민족끼리 공존을 못 한다면 다른 민족과도 할 수 없다. 남북의 공존은 중국, 일본과 공동체를 만드는 데 한층 힘이 실리면서 동북아시아의 평화 정착에 커다란 역할을 할 것이다.

남과 북은 각각 '절반의 진실'에 갇혀 70여 년을 살아왔다. 70여 년 동안 남과 북의 상황은 마주 달리는 기차의 모습과 흡사했다. 기차 안의 사람들은 폐쇄된 공간에 갇혀 자신들이 어떤 상황에 놓여 있는지를 몰랐다. 앞으로 우리는 잃어버린, 혹은 스스로 버린 '절반의 진실'을 찾는 길로 과감히 들어서야 한다. 우리 모두를 위한 길이며, 동시에 미래 세대를 위한 길이기 때문이다. (2019년)

66시간
열차 대장정

　평양을 출발해 중국 대륙을 종단하여 베트남에 이르는 김정은 위원장의 66시간 '열차 대장정'은 보는 이의 관점에 따라 그 의미가 달라지겠지만 나에게는 밀도 높은 '노마드'적 퍼포먼스로 보였다. 특정한 가치와 이데올로기의 틀에 갇히지 않고 오히려 그것을 깨뜨림으로써 삶과 세계를 변화시키는 창조적 인간을 일컫는 노마드(Nomad, 유목민)는 질 들뢰즈에 의해 철학적 의미를 부여받고 자크 아탈리에 의해 역사와 문명의 변혁 주체로 그 의미가 확대되고 심화되었다. 김정은 위원장은 다섯 시간이면 갈 수 있는 항공편을 버리고 66시간이 소요되는 '열차 대장정'을 선택함으로써 시간에 대한 자본주의적 인식을 호쾌하게 깨뜨린 노마드적 퍼포먼스를 보여준 것이다.

'열차 대장정'에서 우리가 깊이 들여다보아야 하는 것은 66시간이 품고 있는 대륙 공간의 의미다. 2018년 4월 남북 정상 회담에서 판문점 선언이 나오자 북한 땅이 열리면 철도로 러시아를 거쳐 유럽으로 갈 수 있다는 기대감이 국민 사이로 넓게 퍼졌지만 베트남으로도 갈 수 있다는 사실은 이번 '열차 대장정'을 통해 처음 알려졌다. 대륙의 기점인 한반도가 분단되면서 우리가 70년 동안 '갇힌 땅'에 살아왔다는 사실을 '열차 대장정'이 환기한 것이다. 땅이 갇히면 몸만 갇히는 게 아니다. 정신도 갇힌다. 분단과 참혹한 전쟁을 겪은 후 남한은 반공 이데올로기로, 북한은 반미 이데올로기로 강력한 국가 권력을 구축하면서 국민의 정신을 국가 이데올로기에 감금했다.

2차 북미 정상 회담 이틀 전인 2월 25일 문재인 대통령은 "우리는 지금 식민과 전쟁, 분단과 냉전으로 고통받던 시간에서 평화와 번영의 시대를 주도하는 시간으로 역사의 한 페이지를 우리 손으로 넘기고 있다."고 하면서 "역사의 변방이 아닌 중심에 서서, 전쟁과 대립에서 평화와 공존으로, 진영과 이념에서 경제와 번영으로 나아가는 신한반도 체제를 주도적으로 준비하겠다."고 밝혔다. 2차 북미 정상 회담 이후의 한반도 상황을 염두에 둔 노마드적 비전이다. 여기에서 2017년 4월의 한반도 상황을 살필 필요가 있다.

한미 연합 군사 훈련을 마치고 싱가포르에서 호주로 향하던 칼빈슨 항공모함이 4월 9일 항로를 돌연 한반도로 변경했다. 로널드 레이건 항공모함도 한반도 근해에 대기 중이었다. 서태평양 주변의 미 전략 자산들이 속속 한반도 주변으로 재배치되는 상황이 이어지자 한반도 전쟁설이 여기저기서 흘러나왔다. 2018년 11월 한미연합사령관직을 마치고 본국으로 돌아간 빈센트 브룩스 전 사령관이 퇴역 후 처음으로 한 언론 인터뷰에서 "2017년 4월 북한과 미국이 전쟁 위기에 근접했느냐"는 질문에 그는 "근접했다."고 답변했다. "당시 대화가 없던 상황에서 북미 양쪽의 어떤 행동도 전쟁으로 갈 수 있는 불씨가 될 수 있었고, 당시에 주한 미군은 모든 가능성을 고려하고 있었다."고 밝혔다. 노마드적 상황 전환이 절실히 필요한 시기였다.

철저한 전체주의 체제인 북한에서 노마드는 오랫동안 출현하지 않았다. 북한 특유의 수령 체제가 노마드의 공간을 허용하지 않았기 때문이다. 북한의 노마드적 모습은 예기치 않은 시기에, 예기치 않은 모습으로 나타났다. 2018년 1월 1일 신년사에서 김정은 위원장은 "올해를 민족사에 특기할 사변적인 해로 빛내야 하며, 남조선의 겨울철 올림픽 경기 대회에 대표단 파견을 포함해 필요한 조치를 취할 용의가 있다."고 말한 것이었다. 그 후 남북한의 평창올림픽 개막식 동시 입장을 시작으로 해 김정은 위원장이라는 담대한 노마드가 문재인 대통령이라는 담대한 노마드와 만났다. 이 만남은 판문점에서 두 차례 남북 정상 회담으로 1차 북미 정상 회담을 견인한 후 평양에서 3차 남북 정상 회담으로 이어졌고, 그 과정에서 축적된 에너지가 2차 북미 정상 회담을 만들어냄으로써 남북한은 물론 동북아 질서를 변화시키는 원동력으로 작용하고 있다.

아탈리의 말에 따르면 진정한 노마드는 모든 재산을 걸머지고 이동한다. 1953년 전쟁의 폐허 속에서 김일성이 자신의 위태로운 권력을 안정시키고 더 나아가 수령 체제까지 완성시키는 과정에서 반미 이데올로기가 결정적인 구실을 했다. 그의 손자인 김정은 위원장은 김일성 사후 25년 뒤 북한 체제의 근간인 반미 이데올로기와 핵을 등에 짊어지고 노마드적 '대장정'에 나섰다. '대장정'에는 시련이 있기 마련이다. 그 시련을 극복하는 인내와 용기야말로 진정한 노마드가 갖춰야 할 덕목일 것이다. (2019년)

5·18 혐오 표현의
심리

전두환이 광주 법정에 섰던 3월 11일 눈길을 끈 장면이 있었다. 광주지법 건너편의 동산초등학교 학생들이 점심시간에 교실 안 쉼터 의자용 계단에 서서 창밖을 향해 "전두환 물러가라" 등의 구호를 외친 것. 나흘 뒤인 3월 15일 자유연대, 자유대한호국단 등의 극우 단체들이 동산초등학교 정문 앞에서 "초등학생들이 전두환을 어떻게 아느냐? 배후에는 전교조 교사들이 있을 거라는 강한 추측을 한다." "교사와 부모들이 교육의 정치적 중립을 위반했다. 교육은 대한민국의 국법 속에서 이루어져야 한다." "우리는 분노할 국민을 대신해서 왔다."라는 내용으로 기자회견을 했다.

그들의 '기자회견' 나흘 뒤인 3월 19일 한국을 찾은 파비안 살비올리 유엔 진실·정의·배상·진상규명 특별보고관은 한국에 혐오 표현을 규제하는 규정이 없는 사실에 놀라워하면서 5·18 민주화운동 등 국가폭력 피해자를 향한 혐오 표현에 대해 "자유권 규약에 따라 국가는 혐오 표현을 하지 못하게 할 의무가 있다. 혐오 표현이 국가폭력 피해자들에게 2차 가해가 될 수 있을 뿐 아니라 피해자를 적대시하는 사회로 이어진다."고 말했다.

5·18 현장에서 취재한 에이피(AP) 통신 기자 테리 앤더슨은 "5·18은 사실상 군인들의 폭동이었다."고 당시 상황을 규정했다. 첫 희생자는 28살 농아 장애인 김경철이었다. 들을 수도 말할 수도 없는 그는 5월 18일 오후 4시께 금남로에서 군인들에게 붙잡히자 소리와 몸짓으로 자신을 증명하려 했지만 군인들의 무차별 구타에 쓰러져 군 트럭에 내던져졌고, 이튿날 새벽 국군통합병원에서 숨졌다.

1995년 12월 '5·18 민주화운동 등에 관한 특별법'이 제정되어 희생자에 대한 보상 및 묘역의 성역화가 이루어졌고, 2011년 5월 5·18과 관련된 기록물이 유네스코 세계 기록 유산에 등재된 것은 5·18이 1980년대 민주화운동의 실질적인 출발점이자 준거점이었기 때문이다. 유네스코는 5·18 민주화운동에 대해 "민주주의와 인권의 전환점이었을 뿐만 아니라, 동아시아 국가들의 민주화를 이루는 데 기여했으며, 나아가 냉전 체제를 깨뜨리는 데 도움을 줬다."고 평가했다. 이러한 역사적 사실을 아이들에게 가르치는 것이 교육이다. "교사와 부모들이 교육의 정치적 중립을 위반했다."는 극우 단체들의 주장은 사리에 맞지 않는다. "초등학생들이 전두환을 어떻게 아느냐?"는 물음에는 헛웃음이 나올 수밖에 없다. 할아버지 할머니의 이름은 몰라도 전두환을 모르는 초등학생은 없다는 말이 생겨날 정도로 전두환은 광주에 널리 알려져 있다.

극우 집단이 5·18 민주화운동을 못 견디는 가장 큰 이유는 반공 이데올로기에 대한 절대적 맹신 때문이다. 광주를 유혈 진압한 후 간선제로 대통령이 된 전두환은 1980년 9월 16일 〈워싱턴 포스트〉 회견에서 "만일 광주 사태가 다른 도시로 확대됐다면 김일성이 10만 침략군을 내려보냈을 것"이라고 말했다. 분단이 만든 반공 이데올로기가 광주 학살을 정당화하는 근거였던 것이다. 이에 변혁 운동가들은 국가폭력의 도구가 되어버린 반공 이데올로기에 대한 근원적 물음을 제기했다. 그 물음은 반공 이데올로기의 형성과 고착이 이루어졌던 1945~1953년의 한국 현대사를 새로운 시각으로 분석하게 함으로써 서구의 다양한 좌파 사상이 연구와 학습, 해석과 논쟁을 통해 내면화되어 갔다. 1980년대를 점철했던 권력과의 이데올로기 전쟁은 치열할 수밖에 없었다. 그들의 치열함은 반공 이데올로기가 허용하지 않았던 좌파 사상의 공간을 창출했다. 그것은 남한 사회를 닫힌 사회에서 열린 사회로 변화시키는 생명체적 공간이었다. 그 과정에서 반공 이데올로기의 절대성이 허물어지면서 새로운 생명의 공간이 형성되었고 1987년 6월 항쟁의 공간을 거쳐 2016년 촛불 혁명의 공간으로 진화함으로써 민주주의의 질적 도약을 이룰 수 있었다. 5·18 민주화운동에 대한 극우 집단의 끊임없는 혐오 표현은 민주주의에 대한 혐오 표현이었던 것이다.

혐오 표현은 "종북 좌파들이 5·18 유공자라는 괴물 집단을 만들어냈다." "5·18은 민주화운동이 아니라 폭동이다." 등 자유한국당 의원들도 거침없이 하고 있다. 여기에서 우리는 "민법이든 형법이든 적어도 하나의 수단을 통해 혐오 표현을 반드시 금지해야 한다. 과거를 제대로 청산하지 않으면 그 과거는 계속해서 현재의 우리에게 돌아온다."고 한 살비올리 특별보고관의 발언을 깊이 새겨야 할 필요가 있다. (2019년)

트럼프 대통령에게

_____

　　지난달 30일 남 · 북 · 미 정상의 첫 판문점 만남에
서 도널드 트럼프 미국 대통령께서는 김정은 북한 국무위원장
과 함께 군사 분계선을 넘나든 후 판문점 남쪽 '자유의 집'에
서 50여 분 동안 단독 회담을 했습니다. 관례와 격식을 뛰어넘
은 그 만남에서 대통령께서는 한반도 분단 이후 미국 대통령
으로서는 처음으로 북한 땅을 밟아 세계를 놀라게 했습니다.

　북한 언론은 "1953년 정전 협정 이후 66년 만에 조미 두 나
라 최고 수뇌분들께서 분단의 상징이었던 판문점에서 서로 손
을 마주잡고 력사적인 악수를 하는 놀라운 현실이 펼쳐졌다."
고 보도했습니다. 세계의 주요 언론들도 "각본 없는 드라마"
"초현실적인 사건" "상징적이고 전례가 없는 역사적 장면" 등
등 다채로운 표현을 썼는데, 그중에서 가장 저의 눈길을 끈 것

은 〈워싱턴 포스트〉의 "트럼프 극장"이라는 표현이었습니다. 〈워싱턴 포스트〉는 대통령께서 김정은 국무위원장과 판문점에서 한 일련의 행위에 대해 "극적 연출로 대중의 시선을 끌어모으는 트럼프 특유의 극장 정치를 보여준 것으로, 정치적 가치와 전통적 외교 절차 등이 뒷전으로 밀려났다."라는 요지로 비판했습니다.

판문점 군사 분계선은 1953년 7월 유엔군 측과 공산군 측이 합의한 정전 협정에 따라 규정된 휴전의 경계선입니다. 당시 판문점에 천막을 세워 T1, T2, T3라고 이름을 붙였는데, T는 '임시(Temporary)'라는 뜻의 영문 앞 글자였습니다. 천막으로 임시 건물을 세운 것은 정전 협정이 곧 종전 선언과 평화 협정으로 이어질 것이라고 생각했기 때문입니다. 정전 상태가 66년 동안 지속될 줄은 아무도 몰랐던 것입니다.

20세기는 전쟁으로 점철된 시대였습니다. 두 차례 세계 대전과 식민지 독립 전쟁에 이어 냉전이 들이닥쳐 인류를 이념으로 갈라 서로를 적대하게 만들었습니다. 냉전의 가파른 소용돌이 속에서 한반도는 두 개의 국가로 찢겼고, 끔찍한 내전까지 겪어야 했습니다. 그런 역사의 흐름에 근원적 변화가 온 것은 1989년 11월 베를린 장벽이 무너지면서였습니다. 냉전 체제가 사실상 무너졌던 것입니다. 그럼에도 30년이 지난 지금까지 냉전 체제에서 벗어나지 못한 한반도를 미국의 역사학자 브루스 커밍스는 '냉전 박물관'으로 표현했습니다. 한반도 냉전 체제의 해체가 세계사적 차원의 소명이 되는 까닭은 여기에 있습니다.

한반도가 냉전의 가장 위험한 참호가 되어 휴전 상태로 70년 가까이 적대 관계가 지속되는 동안 남과 북이 받은 폐해는 혹독했습니다. 국토만 절단된 게 아니었습니다. 영혼이 절단되었고, 마음이 절단되었습니다. 생각이 절단되었고, 기억과 감정이 절단되었습니다. 이 고통스러운 절단을 표상하는 군사 분계선 앞에서 대통령께서는 김정은 국무위원장과 악수를 하며 "군사 분계선을 넘어가도 되겠느냐?"고 물었습니다. 김 위원장이 "한 발자국만 건너오신다면 사상 처음으로 우리 땅을 밟는 미국 대통령이 되십니다."라고 말하자 "좋습니다. 매우 영광일 겁니다. 한번 해봅시다." 하면서 군사 분계선을 넘었습니다.

현실 바깥에서 현실과 다른 새로운 현실을 만들어냄으로써 현실의 캄캄한 세계를 드러내는 것이 극의 역할입니다. 대통령께서는 김 위원장과 함께 판문점이라는 무대에서 극의 본질적 모습을 전 세계에 보여주었던 것입니다. 한반도의 냉전 체제를 대화로 무너뜨릴 수 있는 가능성을 표현한 놀라운 무대였습니다. 그 상징적 장면들이 불러일으킨 마음의 충격은 결코 잊히지 않을 것입니다.

한반도 분단의 고통을 몸으로 겪은 사람과 겪지 않은 사람들 사이에는 좁히기 힘든 간극이 있습니다. 판문점의 만남을 비판하는 일부 언론인과 정치인, 국제 정치 평론가와 기타 지식인 들은 한반도 분단의 고통을 몸으로 겪지 않았거나, 겪었다 하더라도 고통의 기억을 잃어버렸거나, 고통을 느끼는 능력을 상실했거나, 그 고통이 자신 혹은 자신이 속한 집단에 이익을 준다고 믿고 있거나, 고통의 내면을 한 번이라도 제대로 들여다보지 못한 이들이라고 저는 생각합니다. 그들에게는 한반도의 냉전을 세계사적 차원에서 바라보는 '역사의 눈'이 없습니다. 이 사실이 불러일으키는 슬픔은 극의 진정한 완성을 갈망하게 합니다. 극의 상징을 현실로 변화시켜 세계를 인류가 희구하는 방향으로 나아가게 하는 것이 극의 진정한 완성이기 때문입니다. (2019년)

갇힌 한반도에서
나는 소망한다

2020년 새해를 맞았다. 새로운 세기와 새로운 밀레
니엄이 시작되던 2001년 새해를 맞은 지 어느덧 19년이 흘러
간 것이다. 2001년 새해, 인류는 전쟁으로 점철된 20세기를
보내고 새로운 세기와 새로운 밀레니엄을 맞으면서 그전과는
다른 세상을 간절히 희망했다. 21세기 시작을 소련과 동유럽
공산주의 국가가 붕괴된 1991년으로 보는 역사학자의 시각도
존재한다. 이 시각이 훨씬 역동적인 것은 시간의 기계적 구분
에서 벗어나 역사라는 생명체의 변화를 척도로 삼았기 때문이
다.

마르크스주의는 인간의 존엄성이 물질에 의해 찢기는 자본
주의의 야만적 모습에 대한 도덕적 분노에서 잉태되었다. 도
덕적 분노는 인류가 오래전부터 꿈꾸어 온 유토피아의 열망을

자극했고, 그 열망은 1917년 러시아 10월 혁명으로 현실화되었다. 10월 혁명을 아름다운 언어로 감격스럽게 노래했던 러시아의 시인 블라디미르 마야콥스키가 혁명의 거짓된 모습에 절망하여 자살한 것은 그로부터 13년 후인 1930년 4월이었다.

혁명으로 사회주의가 이룩되었다고 해서 계급이 소멸되지는 않는다. 계급을 소멸시키기 위한 수단이 프롤레타리아 권력이다. 따라서 프롤레타리아 권력은 높은 도덕성을 요구한다. 권력에 대한 인간의 욕망은 어떤 의미에서는 식욕과 성욕의 본능을 능가한다. 이성과 도덕이 권력의 욕망에 의해 얼마나 희롱당해 왔는지, 역사는 환히 보여준다. 마르크스는 사회주의적 인간의 높은 도덕성이 권력 욕망을 제어할 수 있다고 믿었지만 불행하게도 공산 권력 역시 인류의 상처인 절대 권력의 비극적 전철을 밟았다.

마르크스는 인간의 물신적 관능이 뿜어내는 놀라운 에너지도 간과했다. 이 에너지를 적극적으로 창출한 것이 자본주의였다. 자본주의는 인간의 본성에 적합한 경제 구조였다. 자유롭고자 하는 욕망과 소유하고자 하는 욕망 역시 인간의 본성이다. 이 본성들이 억압될 때 공동체는 생명력을 잃는다. 마르크스가 꿈꾼 유토피아는 허물어질 수밖에 없었다. 공산주의가 무너진 것은 자본주의 때문이라기보다 유토피아가 요구하는 도덕성을 견디지 못하는 인간의 존재적 한계 때문으로 보아야 하는 이유는 여기에 있다. 공산주의의 무너짐은 지상에 유토피아가 실현될 수 없다는 쓰라린 증명이자, 유토피아가 요구하는 도덕성을 견디지 못하는 인간 존재의 불완전성에 대한 절망적 확인이었던 것이다.

희망의 힘은 과거의 성찰에서 나온다. 21세기 희망의 힘은 20세기를 성찰하는 힘에서 나오는 것이다. 돌이켜보면 공산주의 국가의 붕괴에 대한 서방 세계의 환호에는 자본주의의 승리라는 이분법적 도취감이 자리 잡고 있었다. 이 도취감 속에는 성찰이 들어설 자리가 없었다. 왜 마르크스주의가 생겨났는지, 자본주의의 야만에 어떻게 대처할 것인지에 대한 성찰 대신 물신적 관능 속으로 속절없이 빠져든 것이다.

한반도는 20세기에 대한 성찰이 간절히 요구되는 지역이다. 냉전이라는 20세기의 도그마에서 아직까지 빠져나오지 못하고 있기 때문이다. 남북한의 자연스러운 숨결의 통로를 막아 왔던 분단의 누적된 폐해는 이루 말할 수 없다. 새로운 북미 관계 수립과 한반도 평화 체제 구축, 판문점 선언의 재확인과 한반도의 완전한 비핵화, 전쟁 포로 및 전장 실종자 유해 송환에 합의한 2018년 6월의 싱가포르 1차 북미 회담은 한반도의 강고한 분단 구조 해체의 토대를 마련한 세기적 사건이었다. 새로운 북미 관계는 새로운 남북 관계와 함께 동북아는 물론 아시아 전체 질서, 더 나아가 세계의 질서에 '코페르니쿠스적 변화'를 일으킬 것이기 때문이다. 2019년 2월 하노이 2차 북미 정상 회담의 결렬이 불러일으킨 충격이 클 수밖에 없었던 이유는 여기에 있었다.

인간의 삶은 시간과 공간 속에서 이루어진다. 시간은 공간을 변화시키고, 공간은 시간을 변화시킨다. 한반도의 시간과 공간은 오랫동안 갇혀 있었다. 닫힌 곳을 못 견디는 것이 생명의 본성이다. 남과 북은 갇힌 고통 속에서 70여 년을 살아왔다. 고통은 염원을 낳는다. 한반도는 70여 년 동안 고통과 염원을 쌓아 온 것이다. 1989년 11월 10일 베를린 장벽이 무너지던 날 한 시민이 "이제 반 시간이면 고향에 갈 수 있습니다. 아시겠어요? 다시는 못 갈 것 같았던 고향을 반 시간이면 갈 수 있단 말입니다. 이게 꿈이 아니고 뭡니까!"라고 울면서 말했다. 2020년이 한반도가 분단 구조 해체로 나아가는 원년으로 훗날 기억되기를 간절히 소망한다. (2020년)

팬데믹의 역설

    눈에 보이지 않는 코로나19 바이러스가 세계를 뒤 덮고 있다. 코로나 팬데믹(전염병의 대유행)은 경제 팬데믹을 불러들이고, 경제 팬데믹은 모순의 누적으로 허약해질 대로 허약해진 자본주의의 몸통을 강타하고 있다. 《사피엔스》의 저자 유발 하라리는 '코로나19 이후의 세계'라는 제목의 칼럼에서 "코로나 팬데믹 상황에서 인류는 전체주의적 감시 체제와 시민적 역량 강화 사이, 민족주의적 고립과 글로벌 연대 사이에서 두 가지 힘들고 중요한 선택을 해야 한다."고 말했다. 전체주의적 감시 체제와 민족주의적 고립에서 벗어나 시민적 역량 강화와 글로벌 연대를 인류에게 호소한 것이다. 이 보편적 호소를 누가 반박할 수 있을 것인가? 문제는 인류가 이런 보편적 호소를 숱하게 들어 왔음에도 제대로 귀를 기울이지 않앉거나 실천하지 않았다는 데에 있다. '아우슈비츠'를 겪은 후 인류의 통렬한 반성과 성찰에도 불구하고 그 후에도 학살과 전쟁은 끊이지 않았다. 심지어 아우슈비츠 희생자들이 자기들의 국가를 세우고는 팔레스타인인들을 상대로 또 다른 형태의 아우슈비츠를 만들어 지금까지 이어 가고 있다. 희생자가 가해자로 변하는 이 참혹한 순환의 고리가 인류의 숙명처럼 보이기까지 한다.

코로나19가 중국 우한에서 창궐할 때 한국인을 비롯한 세계인들은 타자의 시선으로 우한을 바라보았다. 그 바이러스가 한국의 대구에서 급속히 번져 나갈 때는 한국 바깥의 세계인들이 타자의 시선으로 한국을 바라보았다. 바이러스가 이탈리아를 휩쓸면서 유럽 대륙은 물론 미국도 바이러스 창궐 영역으로 확인되자 세계인들은 비로소 타자의 시선에서 벗어나 '나' 혹은 '우리'의 시선으로 신종 전염병을 보기 시작했다. 이것은 대단히 놀라운 현상이다. 코로나19가 팬데믹이 되기 전까지 인류는 타자의 시선을 거의 바꾸지 않았다. 인간 속에 내재한 '이기적 자아' 때문이었다. 인간의 이기적 자아는 끔찍한 전쟁 앞에서도 쾌락을 느낄 정도로 기괴하다.

1991년 1월 16일에 시작되어 2월 28일 종료된 걸프전쟁에서 미국은 이라크에 8만 8,500톤의 폭탄을 투하했다. 히로시마에 투하한 핵폭탄의 일곱 배를 웃도는 양으로 44일의 전쟁 기간 동안 민간인 희생자만 20여만 명에 달했다. 세계인들은 티브이를 통해 어마어마한 양의 폭탄이 연출하는 스펙터클을 감상했다. 적외선으로 촬영한 야간 폭격과 패트리엇 미사일의 격추 장면 등은 전략 시뮬레이션 게임을 티브이로 옮겨놓은 것 같았다. 폭탄에 장착된 카메라는 보는 이의 시선을 폭탄의 시선으로 변화시켜 하이퍼 테크놀로지 폭격이 불러일으키는 감각적 즐거움을 증폭시켰다. 인간의 시선을 기계의 시선으로 바꾸어버린 놀라운 과학 기술은 전 세계인을 게이머로 만들었다. 폭격을 수행하는 이들조차 비디오 게임에 빠진 아이로 바꾸어버렸다.

하지만 코로나19 바이러스는 폭탄과 달리 대상과 지역을 가리지 않고 무차별적으로 파고들어가 세계를 전쟁터로 만들었다. 이런 미증유의 위기 속에 역설적으로 희망의 씨앗이 깃들어 있다는 사실은 신비롭다. 바이러스 팬데믹이 타자의 시선이라는 이기적 쾌락에 갇힌 인류에게 감옥의 문을 열어준 것이다. 문이 열렸다고 해서 그 안에 갇힌 사람이 나온다는 보장은 없다. 자신이 감옥에 갇힌 것을 모르는 사람은 문이 열린 사실조차 모를 것이며, 그 안을 편안히 느끼는 사람은 나올 이유가 없기 때문이다. 그렇다면 문밖으로 나온 사람들이 해야 할 일은 무엇일까?

주제 사라마구의 소설 《눈먼 자들의 도시》는 시력이 사라지는 전염병이 도시를 무차별적으로 휩쓸면서 도시 전체가 아비규환으로 변해 가는 지극히 비현실적인 이야기를 담고 있다. 하지만 그 비현실적인 이야기를 따라가다 보면 인류가 '볼수는 있지만 보지는 않는 눈먼 사람'이라는 사실을 자연스럽게 받아들이게 되면서 비현실적인 이야기가 현실적인 이야기로 다가온다. 작가가 '눈먼 자들' 속에 유일하게 눈이 멀지 않는 인물을 만들어 그로 하여금 눈먼 자들이 할 수 없는 역할을 하게 하고, 눈먼 사람들에게 "늘 죽음을 나타내던 상징이 삶의 상징이 되어버렸다."고 말하게 한 것은 근본적 무지에 갇혀버린 인류에 대한 경각심과 함께, 전염병을 겪으면서 근본적 무지라는 암흑에서 조금씩 깨어나려고 하는 사람들에게 희망이라는 환한 생명체를 보여주고 싶었기 때문일 것이다. 팬데믹에 갇힌 인류는 스스로에게 질문해야 한다. "우리는 언제부터 '눈먼 자들의 도시'에 살기 시작했을까?"라는 간절하고도 치열한 질문을. (2020년)

나는 왜 정찬을 읽는가

소설가 정찬은 1983년 등단 이후 지금까지 8권의 소설집과 9권의 장편소설을 출간하는 동안 여느 작가들과 달리 산문집은 한 권도 내지 않았다. 작품의 양과 깊이에 비해 대중에게 제대로 알려지지 않은 그는 기묘하게도 적잖은 문학상을 수상했으나 '상 복이 없는 작가'로 알려져 있고, 모든 종교를 받아들이는 다신론자인데도 그의 독자는 물론 문단에서조차 적지 않은 동료작가들이 그를 독실한 가톨릭 신자로 생각한다. 그런 그가 등단 37년 만에 처음으로 산문집《슬픔의 힘을 믿는다》를 냈다.

언젠가 자료를 찾다가 근사한 블로그에서 정찬의 독자를 만났다. 그는 "만일 한국에서 노벨 문학상이 나온다면, 정찬이 받을 것이다."라고 썼다. 이 말을 오랫동안 곰곰이 생각해보았다. 이제까지 나는 정찬에 대한 글을 십여 편 썼지만 모두 만족스럽지 않았다. 아니, 괴로웠다. 내 부족함이 가장 큰 이유지만, 그의 작품에 대한 놀라움이 앞선 나머지 '객관적 읽기'에 실패했기 때문이라고 판단했다. 그래서 최근 지인들이 공통적으로 추천한 어느 작가의 작품집을 읽었다. 그리고 다시 정찬을 읽었는데, 그의 작품에 대한 나의 감성이 '정상'이었다는 사실을 깨달았다. 지인들이 추천한 작가의 작품도 좋았지만, 그럼에도 정찬은 여전히 다르게 보였다. '다른 행성에 사는 예술가'로 느껴지기 때문이다. 정찬의 독자가 블로그에 노벨상 이야기를 쓴 것은 그도 나처럼 정찬을 '다른 행성에 사는 예술가'로 느꼈기 때문이 아닐까, 생각한다.

나는 그의 작품을 모두 읽었다. 어떤 작품은 여러 번 읽었고, 어떤 작품은 필사하고, 어떤 작품은 한 페이지를 읽고 몇 시간을 기진했다가 마음을 굳게 먹고 '읽어냈다'. 나는 그의 첫 번째 작품집 《기억의 강》(1989년)에서 《골짜기에 잠든 자》(2019년)까지 모두 소장하고 있다. 문학평론가 김현이 세상과 이별하기 전 병상에서 마지막으로 읽은 책이 정찬의 첫 소설집 《기억의 강》이었다.

어떤 친구가 나에게 "'정찬 초보자'는 어떤 책에서부터 시작해야 하느냐"고 물었다. 나는 그에게 1992년 출간되었고

2018년 개정판으로 나온 '문학과지성 소설 명작선'《완전한 영혼》과《베니스에서 죽다》(2003년)를 권했다.

내가 정찬의 작품에 관심을 둔 계기는 1995년 가을, 그의 동인문학상 수상작《슬픔의 노래》를 각색한 연극 관람이었다. 연극을 보고 나서 원작을 찾아 읽었는데, 당시 내가 받은 충격을 지금도 생생히 기억한다. "한국 사회에도 이런 지식인이? 이런 소설가가?" 하고 되뇌다가 "어떻게 '한국 남자'가 이런 사유를 할 수 있단 말인가?"로 나아갔다. 평소 한국 사회와 남성 지식인에 대한 나의 일반화와 냉소에《슬픔의 노래》가 균열을 일으킨 것이다.

2015년, 〈슬픔의 노래〉 20주년 기념 공연도 잊지 못한다. 공연이 끝난 후 극장을 나와 마주친 서울 대학로의 번잡함이 정말 싫었다. 〈슬픔의 노래〉가 보여준 '어둡고 가난한 극장'으로 다시 돌아가고 싶었다. 그곳은 마음이 가난한 이들이 깊은 위로를 받는 공간이었다. 대학로의 번잡한 거리를 보자 구원의 공간에서 추방당한 것 같은 느낌에 사로잡혀 한동안 걸음을 옮기지 못했다.

정찬은 인간의 오랜 관습적 사유인 이원론(二元論)에서 벗어나 있다. 그리고 자신이 때로는 글의 대상이 되면서도 스스로 변태(變態)한다. 대부분의 작가들은 대상에 '대해' 쓴다. 더구나 그 대상은 대개 타자화, 성애화, 젠더화되어 있다. 정찬은 아니다. 이를테면 〈슬픔의 노래〉에서 "예술가는 어둠 속에서 빛을 찾는 사람이다. 그런데 그 빛은 슬픔의 강 너머에 있다."고 하면서 "슬픔의 강을 어떻게 건너는가?"라고 질문한다. 이 질문에 대해 소설의 등장인물인 연극배우 박운형은 소설가이자 기자인 '나'에게 "강을 건너는 방법에는 두 가지가 있지요. 배를 타는 것과 스스로 강이 되는 것입니다. 대부분의 작가들은 배를 타더군요. 작고 가볍고 날렵한 상상의 배를."하고 말한다. "대부분의 작가들"에 대한 통렬한 비판이다. 정찬은 이 비판에서 자신도 자유로울 수 없다고 말하지만, 나는 다르게 생각한다. "스스로 강이 되는 것"이란 '내 몸 자체가 길이며 방법론이 되는 것'이다. 페미니즘과 생태주의의 지향도 같다.

나에게 정찬은 소설가와 지식인의 개념을 바꾼 사람이다. 작가는 이야기꾼이 아니라 사상가여야 한다는 게 나의 생각이다. 정찬의 글은 독자에게 '줄거리의 소비'가 아니라 '생각하는 노동'을 요구한다. 문체가 정치학이자 미학임을 정찬만큼 잘 보여주는 작가도 드물다. 그의 글을 읽다 보면 문장과 문장 사이가 무간도(無間道)로 느껴지는 순간이 있다. 그 순간 독자는 작가의 깊은 숨결에 어지러움을 느낀다.

정찬의 작품은 '관념적'이라는 세평과 달리 의외로 서정적이며, 그 서정의 둘레 속에서 현실을 예리하게 비판한다. 빈곤, 사회 운동, 반미, 광주 항쟁, 외모주의, 입시 문제, 양심적 병역 거부까지. 그런 글들이 왜 관념적으로 받아들여질까? 그의 소설을 제대로 이해하려면 텍스트에 적극 개입해야 하는데, 개입의 결핍이 만드는 오해가 아닐까, 나는 생각한다. 그의 단편 가운데 〈흔들의자〉라는 제목의 작품이 있다. 내가 그 작품에서 받은 '센서빌리티'는 자살(hanging)이었는데, 그 '기'의 강력함을 느껴보기를 진심으로 권한다.

지금 우리가 경험하는 자본주의는 포스트 휴먼 시대라고 할 만큼 인간의 조건을 변화시키고 있다. 그 중대한 상황 중의 하나가 '새로운 중세, 문맹의 시대'다. 자아만 비대하게 발달한 우민을 양성하는 것, 이것이 IT 자본주의의 작동 방식이다. 사회는 더는 인문학자를 양성하지 않는다. 뛰어난 콘텐츠를 가진 극소수의 인간만이 필요할 뿐이다.

수험서와 몇몇 책이 독점하고 있는 한국 출판 시장의 상황은 여기에서 길게 언급하지 않겠다. 다만, 어떤 글쓰기는 곧바로 자본주의와의 투쟁이 되었다. 내가 정찬을 지지하는 이유 중의 하나는, 그의 책을 읽고 구매하는 일 자체가 자본주의에 대한 저항이라고 생각하기 때문이다. '좋은 책'은 안 팔리고, 독자가 천편일률적 대중 취향을 지니게 된다면 그 사회의 미래는 어둡다. 이 문제는 글쓰기가 생계인 나의 고통이기도 하다. 내가 하고 싶은 말을 어떤 선까지 쓸 것인지에 대한 선택, 그러니까 '타협의 글쓰기'가 불러일으키는 고통이다. 이 고통을 정찬은 어떻게 극복했는지 무척 궁금하다. 나는 그의 장편 《길, 저쪽》(2015년)에 대해 이렇게 쓴 적이 있다.

"정찬의 작품은 언제나 정치와 윤리를 다루는 인문학이었고 연서(戀書)였다. 한국 사회에서 만나기 어려운 이 치열하고 독특한 예술가는 사랑의 패배를 믿지 않는다. 그는 사랑과 헌신의 형식을 끊임없이 추구한다. 이 소설은 정찬의 여느 작품들처럼 읽기의 고통과 사유의 즐거움을 선사한다. 독자는 그의 깊이로 추락하게 되고 그 과정은 황홀하다.

독자는 어떻게 작가를 사랑하는가. 나는 정찬의 작품을 통해 성장했고, 그의 작품 덕에 외롭지 않으며, 그 힘으로 버티고 있다. 당대 우리의 삶은 줄 서서 형(刑)의 차례를 기다리는 시간과 같다. 앞에서 일어난 혹독한 일들을 알고 있으면서 '다음'이 자신의 순서가 되는 현실을 견뎌야 한다. 우리는 그 긴 행렬에 서서 그의 작품을 들고 투쟁을 시도한다."

너무나 상식적이어서 우리가 잊고 사는 유일한 진실, 인간은 태어나 살아간다. 그런데 실상 삶은 몸의 소멸로 가는 길이다. 인간은 생태계의 일부에 불과하지만, 의미를 추구한답시고 외로운 이도 있고, 욕망으로 타인과 지구를 망치는 이도 있다. 나는 소멸에 이르기까지 시간이 지루한 사람이다. 그래서 긴 행렬에서 눈길 둘 곳이 필요하다. 잠깐만이라도 행복하기 위한. 이 책《슬픔의 힘을 믿는다》는 내가 알지 못하는 독자에게 그런 친구가 되리라 믿는다.

정희진(여성학 연구자/문학 박사)

슬픔의 힘을 믿는다

2020년 5월 25일 초판 1쇄 발행

- 지은이 ──────── 정찬
- 펴낸이 ──────── 한예원
- 편집 ────────── 이승희, 윤슬기, 양경아, 유리슬아
- 본문 조판 ────── 성인기획
- 펴낸곳   교양인
  우 04020 서울 마포구 포은로 29 신성빌딩 202호
  전화 : 02)2266-2776 팩스 : 02)2266-2771
  e-mail : gyoyangin@naver.com
  출판등록 : 2003년 10월 13일 제2003-0060

* 잘못 만들어진 책은 바꾸어드립니다.
* 값은 뒤표지에 있습니다.

이 도서의 국립중앙도서관 출판예정도서목록(CIP)은 서지정보유
통지원시스템 홈페이지(http://seoji.nl.go.kr)와 국가자료공동목
록시스템(http://www.nl.go.kr/kolisnet)에서 이용하실 수 있습
니다.(CIP제어번호: CIP2020018745)